乡居文丛

路景涛——主编

苇编／以手抵心的生活

周小麦　王加婷　著

苇编：以手抵心的生活
WEIBIAN：YISHOUDIXIN DE SHENGHUO

图书在版编目（CIP）数据

苇编：以手抵心的生活 / 周小麦，王加婷著. —桂林：广西师范大学出版社，2018.9
（乡居文丛 / 路景涛主编）
ISBN 978-7-5598-1147-9

Ⅰ. ①苇… Ⅱ. ①周… ②王… Ⅲ. ①散文集－中国－当代 Ⅳ. ①I267

中国版本图书馆 CIP 数据核字（2018）第 190814 号

广西师范大学出版社出版发行
（广西桂林市五里店路 9 号　邮政编码：541004
网址：http://www.bbtpress.com）
出版人：张艺兵
全国新华书店经销
北京博海升彩色印刷有限公司印刷
（北京市通州区中关村科技园通州园金桥科技产业基地环宇路 6 号　邮政编码：100076）
开本：787 mm × 1 092 mm　1/32
印张：5.625　　字数：100 千字
2018 年 9 月第 1 版　　2018 年 9 月第 1 次印刷
印数：0 001~6 000 册　　定价：44.80 元

如发现印装质量问题，影响阅读，请与出版社发行部门联系调换。

人是会思想的芦苇。

——［法］帕斯卡尔

手工艺都是建立在深远的传统之上的。一经倒塌，要再次树立起来，将是一件很困难的事。传统如同一株大树，经过长年累月的成长盘根错节，若是不幸遇上了风暴而倒下，要再一次像以前一样树立起来是极为不易的。即使能够树立起来，也不会再有往昔的雄姿，还有可能会枯萎。

——［日］柳宗悦

序 言

· 传统文化的传承与复兴

1

2017年4月1日，中共中央、国务院印发通知，决定设立河北雄安新区。这是继深圳经济特区和上海浦东新区之后又一具有全国意义的新区。

雄安地区历史悠久，乃古雄州、安州之域，“不仅是华北生态与人文交融的宝地，且是华夏粟作农业肇兴地以及古代茶马互市、丝绸之路的交汇地”。位于雄安新区的白洋淀，素有“北国江南”的美誉，是雄安的重要地理标志，也是人与自然相互作用的历史产物。

碧波万顷、烟波浩渺的白洋淀，早在亿万年前就已经存在于世。它是河北省最大的湖泊，也是整个华北平原最大的淡水湖。每年盛夏，浓厚的苇荫覆盖着白洋淀广阔的水面。白洋淀的苇不仅是淀上一道亮丽的景致，同时也是白洋淀的一大特产，淀苇的种类繁多，品种多达10余种，芦苇面积最多时达12万亩。

在本土作家孙犁的笔下，白洋淀是这样的："这里的水却是镜一样平，蓝天一般清，拉长的水草在水底轻轻地浮动"，"夜晚……天空的星星也像浸在水里，而且要滴落下来的样子"。孙犁先生用这饱含深情的笔调，为我们勾勒出一幅悠久而旷远的画卷。

在白洋淀，每个人都不是自然界的主宰者，而是生态系统的一部分。人世的齿轮与自然的齿轮相契合，那样紧密，那样深沉，使得白洋淀这样一个地域空间的背后隐藏着人与自然的和谐与温情。

白洋淀是雄安的标志，而芦苇就是白洋淀的标志。芦苇本身所蕴含着的朴素、天然等特质深深地打动着我们。将芦苇捧在手里，我们便能感受到它柔细、温暖且坚固的触感，简朴的苇草中含着春日温暖的阳光、猛烈躁动的夏雨以及深秋的严霜，它的四季生长，交汇着我们深切的体验，同我们的感知化作一体。

智慧常驻于大自然，人类通过享用大自然的智慧而生存。在白洋淀，人们依靠芦苇而生，用芦苇做日常用具，编苇席、鱼篓、芦花靴，做自己拿手的事，活得丰富而满足。他们健康地迎送朝夕，在不起眼的地方，过着素心的本真生活。

在日复一日与芦苇的相伴中，人与芦苇获得了同样的生命韵律。以手抵心，苇编的工艺在追求生计与心灵审美的双重作用下日臻完善，终至堪称完美的手工艺杰作。

2

正如艺术史学家张道一所言：“人类的发展是一部伟大的史诗，而造物活动犹如一根贯彻始终的琴弦，弹拨出美妙的乐章。在人与自然的关系中，表现出人的能动性；在人与物的关系中，表现出创造性。”

编织芦苇手工制品的过程，从头到尾都是与材料交流的过程，与材料的相遇相知。在相知的过程中，白洋淀人民创造出自己独有的苇编文化。

无论是在容城上坡遗址发现的三千多年前的苇编残片，还是唐宋时期作为贡品的苇席，抑或是明清时期妇女编席织篓，男子卖席贸易，遍布直隶及关东口北的盛况，都昭示着白洋淀人民对芦苇的无限眷恋。

在寻访白洋淀苇编文化的过程中，我们能从材料本身感受到一种超越物质、近乎人格的东西，有时甚至仿佛能从材料中触摸到精神。天地自然间充满未知，诞生万物，通过材料，我们复归自然，便会发现在我们的精神内部也充满了谜一样未知的自然。

人力所为，与自然的造化相比是微不足道的。手工编织之美，一部分来源于材料之美，一部分来自劳作之美。由反复形成自由，由单调成为创造。这是劳动的赐予。以手抵心，这或许也是命运的秘密所在。制作好的苇编产品，拥有自己的质感和纹

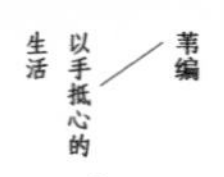

路，传递给人的是结实又朴实无华。

在机器化生产以前，白洋淀的人们都是手工制作苇编制品。他们磨练技艺的过程是为了自己，同时也是为了那些物件的使用者。他们了解材料的特性，磨炼自身的技艺，做出更好的东西。这是他们的生活本身，也是他们的人生哲学。

3

在当下时代，白洋淀的苇编工艺正经历着严峻的考验。

机器化大生产带来了格式化的产品。渐渐地，白洋淀手工苇席风光不再。各种廉价而不含温度的工业制品充斥着我们的生活。与此同时，各种大大小小的工厂兴起，年轻人纷纷涌入城市打工，最后的织席者只剩下一小撮。织席的手艺逐渐失传。

苇编手艺难道注定要成为人们的回忆吗?

熊培云在《一个村庄里的中国》中说，每个村庄里都有一个被时代影响又被时代忽略的国度，一个在大历史中气若游丝的小局部，每一个村庄基本上都是中国的缩影。

城市化、信息化、人工智能，一个个现代主义的字眼像挖掘机一样，将广大村落的乡土根基慢慢拔出，并用各种现代性的要素来取而代之。农业的凋敝、农业人口的大量外流，以及由此而生的乡村的衰落似乎都在宣告着乡土社会的分崩离析。

割倒一片片芦苇的不是白洋淀人民的手，而是快速推进的机器。

据统计，2000年，中国还有370万个乡村。2010年，中国乡村数量削减到约260万个。乡村正在以每天300个的速度消亡。村落的消失表面看是农田、建筑和农业人口的消失，而更深层的是，上千年的生产方式的消失、生活方式的消失、农业文化的消失、传统伦理的消失。

所以，我们面临的一个最现实的问题是，在原材料没有消失之前，白洋淀的苇编人的生活方式却有可能先消失了。

4

在一切归于机械的未来，人手所创造的奇迹会不会重新走进我们的视线？

答案是肯定的。

手艺本是人类生存的技能。白洋淀人民用芦苇的茎叶，编织、打造工具，维持生活。人在编织芦苇时，从芦苇身上看到的丰富特质，都是自然赠予的礼物。当看到这样的美时，也就看到了自然，看到了人本身。

芦苇编织过程中，材料的变化，停手的时间点，当时的心情与兴致，这些因素结合在一起，在苇编人心中产生一种涟漪。正是这种涟漪，让苇编的工作变得生动而有趣。

苇编的工作其实就是他们的人生，他们和他们的祖先千百年来取法自然，里面含有很多自古以来的智慧和功夫，甚至包含了这个文化的历史。

虽然近百年来工业化的普及，让共性代替了个性，致使许多手艺消失；但当我们逐渐忽略手工业的存在后，我们又重新发现，原来那些在人与人的磨合与沟通的过程中制作出来的物品，使用起来，是带有体温的。与之相比，流水化的机器则是冰凉的，伤害了人与自然的结合。手与心相连的劳动，不再是单纯的劳作，同时用心之作业，是继承的传统，是无我的工作，是朴素的生活。自然的材料、简单的技法等因素的结合，体现的是“平常之心”。白洋淀的苇编人家，与芦苇日复一日地共同生活，与之产生了不能分离的情感。

那么该如何传承和复兴白洋淀人民的苇编文化?

在以往，传统的民间艺术实用或非审美的价值往往占据了主导。而在现代社会，传统手工艺要经过与现代要素的重新组合，才能融入工业化社会的环境中，从而获得“再生”。

用现代审美意识对传统手工艺进行再创造，结合消费者的需求、现代风格和最新科技，对产品进行升级换代或改良，将新技术、新工具、新材料、新工艺合理运用在生产流程中，在形式、内容、方法和造型、色彩、材料上推陈出新，使之与现代生活环境相适应，融入现代社会。

这也是在这本书中，我们所关注和要思考的。

在日本，“匠人精神”和机械化生产是并存的。手工制作的东西保留传统工艺，原汁原味，个性突出，手工精工制作，作为高级艺术品，供上层富裕者使用或出口赚取利润；而用机械化流水线生产方式，提高效率，降低成本和售价，产品面向大众消费群体。这说明，在日本，手工艺作品与大机器生产的东西早已分道扬镳，走上不同的道路。这值得我们思考与借鉴。

白洋淀的苇编工艺以天然的素材为对象，始于日常，忠于生活，归于自然。将手工编织与现代艺术相结合，或许是其走向复兴的必经之路。

5

中国幅员辽阔、地形万千，孕育出形态各异的生活方式。在寻访白洋淀人民的苇编生活后，我们试图记录与关注的是那个时常被忘却的乡土中国，以及中国人传统的生活方式。在这场记录之旅中，我们试图在它们消失之前去保存这些驻留在文化记忆中的种种时刻，试图去重新发现那些曾经缔造了丰厚多彩的中华文明的空间和遗迹。

费孝通先生说过：“各美其美，美人之美，美美与共，天下大同。”先要尊重和守护自己的文化之美，才能美人之美，才能美美与共，天下大同。尊重本土的文化，要从自己做起，树立文化自信，挖掘和传承优秀传统文化，才能放眼世界。

党的十九大作出重大决策部署，实施乡村振兴战略。实施乡村振兴战略，要推动乡村产业振兴，推动乡村人才振兴，推动乡村文化振兴，推动乡村生态振兴，推动乡村组织振兴。

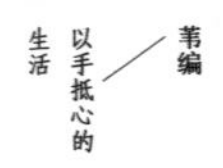

中华民族的伟大复兴，需要有文化传承作为基础。雄安新区的腾飞，也要以文化的建设作为重要前提。

现在，我们希望通过白洋淀苇编文化的整理与呈现，引起更多人去关注、复兴那些正在逐渐远去的手艺，拯救一个正在消失的世界。

在这样的行动中，我们才得以重回中国传统文化的怀抱。

复兴白洋淀的苇编手工艺，将是中国乡村振兴的缩影。在中国各具特色、不同生态的乡村中，还有无数蕴藏着智慧的民间手工艺值得我们去发掘、保护和传承。它是我们在现代化大潮中不可抛弃的乡土情怀，更是我们永远的精神故乡。

目录

| 卷一　在水一方 |

| 卷二　工艺之美 |

| 卷三　工具之道 |

| 卷四 追故乡的人 |

白洋淀总面积366平方公里。芦苇是白洋淀分布面积最广、最典型的水生植被，年产量超过7万吨。白洋淀素有“一淀水一淀银，一寸芦苇一寸金”之誉。其芦苇加工历史悠久，唐宋时期就有“苇席编制”的记载。淀区农民以白洋淀为生计，打鱼、种荷、芦苇加工一直是淀区农民的主要经济收入来源。鱼篓、苇席、粽叶、苇箔等农家日常生活用品多与芦苇有关。20世纪八九十年代，是白洋淀苇编制品的黄金时期，白洋淀的苇席几乎销遍了中国的粮仓，铺遍了农村的土炕，苇箔出口到了日本和韩国市场，芦苇产品年产经济效益数千万。

白洋淀的芦苇皮薄、节长、韧性好，是制作优质艺术品、纪念品的材料。

2000年以后，芦苇编织产业严重萎缩，收割芦苇的人工费与其市场价值出现倒挂，芦苇因收割、管护不到位，退化严重，部分芦苇残体倒伏在水中腐烂，直接污染白洋淀水质，造成水质富营养化，芦苇不兴利反而生害。另外，目前白洋淀地区的芦苇利用形式比较单一，质量较好的芦苇可以制作苇箔、芦苇画等，但每年直接丢弃或作为燃料烧掉的有近5万吨，对水体和大气同样造成污染。白洋淀芦苇面积在20世纪八九十年代有12万亩，据2014年卫星遥感统计，白洋淀现有芦苇面积已缩减到7.6万亩。

卷一

在 水 一 方

我们是坐船进入白洋淀的。

涟漪微起的水面上，独自飘荡着一叶渔舟。风同着水汽，飒飒扑面而来，像是起了薄雾。雾蒙蒙，水蒙蒙。白洋淀如一幅长卷，渐渐拉开。

芦苇在天底下无边无际地生长着，浩淼无边。纵横交错的水道，就像树上的枝，枝上的杈，一生十,十生百。它们一同构成了辽阔、幽深而又曲折的苇荡世界。

· 白洋淀的气韵流动

欸乃一声，渔船驶入了白洋淀的芦苇深处。

船是一只尖尖的小船。前舱用板隔断，使人可以不被风吹。坐的地方稍低些，可听见水在船底流过的细碎声音。一只黑色的鸟，身体比鸭狭长，矫捷地飞过来，已在咫尺之间了，又忒而一声飞了去，翅膀从船的底部掠过。

古老的摇橹之声，伴着较长的间隔，一声声地缓缓传来，又渐渐归于沉寂。袅袅余音让人感到时光的流逝，传递着一种来自远古的空寂。

我们坐的这艘小船，像大海上漂着的一片竹叶，在天地间孤独往来。小船构造原始，连接天涯。茫茫地来，又茫茫地去，仿佛时间在此阻隔，既没有过去，也没有未来。

这种极端的无依无靠，倒也体现出了一叶渔舟的美德。有一种先验的孤绝，甚至带有某种永恒的意味。任凭流水三千，世道变化，它自岿然不动。

这也构成了白洋淀气质的一个部分。

在白洋淀，一个人和一尾鱼、一丛芦苇或者一个石块没有什么差别。无边的空旷，使人产生永恒的孤独感。在这种广大的孤独中，天地万物都因为渺小而变得平等。

中国人视天地自然为一大生命。从生命的角度看待天地运转，四时更替，我们所处的世界，是流转不居，彼此相连的。

古代哲人曾将“气”视为宇宙生命之源头，万物皆来自气，万物均存在于气的运行之中。宇宙为一宏阔之气场，人也处于这大气场中，与天地宇宙具有无所不在的联系。

船行在白洋淀，你会觉得，万物都处于气的氤氲流荡中。万物都是一种感气而生的生命存在。物与人相融相合，进而有节奏、有层次地相互感应，生命之间存在着旁通互贯的联系，组成一个和谐的整体。

正是这种生命与宇宙的同构关系，产生了“天人合一”的生命精神，同时也培育了白洋淀人民高超的生存智慧——一种气韵生动、富于心灵感悟的诗性智慧。

对于生活在白洋淀的人们来说，白洋淀不仅仅是一片宽广的水域，更是一个永恒的传统生活空间。人们在这里依水而居，以渔猎为生，水鸭、野鸡等各种鸟类随处可见。芦苇连接成片，水天一色，烟波浩渺。苍茫之自然，充满亘古不息的生命冲荡。

天地无限，新新不停。生命是一绵延不绝的过程。一年

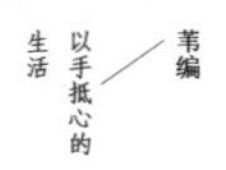

四季走完了它的一个兴衰过程，而另一年四季又开始新的运转与循环。万事万物都在流动中极尽生生之趣。既流行不殆，又循环不已。

为我们撑船的老人叫夏俊英，白洋淀人。年近七十，依旧精神矍铄。穿一袭破旧的灰布衫，戴一顶水手帽，鹰钩鼻，脖颈上有很深的皱纹，晒得黑黑的脸上神采奕奕，深陷的眼睛特别明亮。

他年轻时，是白洋淀里的捕鱼好手，身强力壮、触感灵敏，遇到鱼群可以连续“作战”。在他前额的皱纹中，还能闪现当年的鱼影 。

· 天地滋养万物

作为华北最大的淡水湖和湿地系统，白洋淀古老而多变。几万年的地壳活动和河道变迁，才演变成白洋淀。它深邃的地壳中，不仅储存着大量的水资源，还有历史变迁的痕迹，以及在古老漫长的时间结构下，自然界缓慢、均衡、公平地运行塑造出来的自然之美。

白洋淀的水域构造独特，汇集了上游自太行山麓发源的9条河流之水，形成了由3700多条沟渠、河道连接而成的143个淀泊。这些淀泊以白洋淀为大，因此总称白洋淀。

白洋淀既异于中国南方的内陆湖泊，又不同于北方的人工水库。它不是连在一起的一片汪洋，而是由多条河流将各个淀泊连在一起，从而形成沟壕纵横、河淀相连、既相互分割又相互联结的布局。

白洋淀水域育养了不少珍稀的鸟类。区内有鸟类200多种，包括国家一级保护鸟类大鸨、白鹤、丹顶鹤、东方白鹳，国家二级保护鸟类灰鹤、大天鹅、鹰科、隼科等20余种。还有白鹭、苍鹭、池鹭、燕鸥、须浮鸥、白鹡鸰、戴胜、喜鹊、

灰喜鹊、珠颈斑鸠、绿头鸭、震旦鸦雀、树麻雀、红嘴鸥、小鸊鷉、鸬鹚、红隼……

清晨，万物沉寂无声。千百只鸟儿从脚下飞起，消失在白茫茫的、凝然不动的雾霭之中。白洋淀上，呈现出一种不可言说的宁静。

晚上，成百上千的鸟儿在芦苇荡里起起落落，烟波浩渺的苇丛里热闹着鸟的鸣叫，有高歌，有私语，湿润的风儿像微波似的荡来，湿地显得更加神秘。

每当春夏季，鸟类会迁徙到白洋淀栖息、繁衍，补充能量。

它们或排成梯形，或排成人字形，滑翔着出现在湿地左侧，掠过穹窿似的天空，鸣叫着，最后像螺旋一样降落在白洋淀。

白鹤，体长130—140厘米，略小于丹顶鹤。站立时，通体白色；飞翔时，翅尖黑色，其余羽毛白色。鹤的族源来自遥远的始新世。这些鹤，并不是生活和存在于停滞了的现在，而是经历着更为广阔的变迁着的时代的不同阶段。

须浮鸥，本地人称淀鸥，是一种体型略小的浅色燕鸥，腹部深色，尾浅开叉，在整个白洋淀都有。数量庞大，每年于七、八月份产卵育雏。天凉了以后飞回南方越冬。

天鹅，鸭科中个体最大的类群，颈修长，尾羽20—24枚，

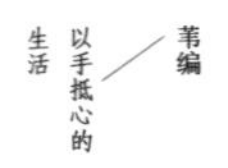

蹼强大。它们喜欢在白洋淀的水域里滑行。

鸬鹚，是白洋淀人的好朋友，在渔猎时节，它们会跟着渔人一起捕鱼。窄小的木船，平常人上去都站不稳，可在鸬鹚捕鱼人手里却矫若游龙。小木船前后各有两三个鸬鹚架，放鸬鹚时，渔人一声口令，鸬鹚“哑哑”叫着一齐下水……“茭草青青野水明，小船满载鸬鹚行。鸬鹚敛翼欲下水，只待渔翁口里声。”记录的就是鸬鹚捕鱼的壮观场景 。

“天地之大德曰生。”每种生计都是一个细节，细节又滋生细节，形成一种彼此共存相依的生物链的关系。

天地滋养万物，这是白洋淀的智慧，也是白洋淀的气质。

百年变迁，白洋淀的人仍在这方水土中，从容地过着祖上传下来的日子。这是白洋淀的迷人之处。它的文化从未提炼，仍旧保持着天真淳朴，有一种积淀的深厚。它的岿然不动中，有一种活脱脱的生命力跳动，足够让我们触摸到远古的体温和呼吸。

无边的芦苇，摇曳在白洋淀；无边的微波，荡漾在白洋淀，二者共同构成万物生长的独特背景。

· 要问白洋淀有多少苇地？不知道

“蒹葭苍苍，白露为霜。所谓伊人，在水一方。”《诗经·国风》中这首耳熟能详的名篇，给人以悠远的美感和无限的诗意想象。蒹葭，就是在中国广泛分布的水生植物——芦苇，禾本科，多年生草本。蒹是没有长穗的芦苇，葭是初生的芦苇。

一年四季中，不论何时来到白洋淀，芦苇都是最引人注目的风景。“芦苇之乡甲于河北”，白洋淀是国内芦苇重要产地，以其数量庞大、质地优良而享誉全国。

白洋淀的芦苇，根系发达，茎秆高大健壮，芦花穗大有金脉。淀区的人，统称这些芦苇为“苇子”。

白洋淀芦苇，有一个从野生到人工栽植的漫长历史进程。根据白洋淀地理变化，有关专家认为，保持着古白洋淀原地貌的洼淀中的芦苇，品质低劣，为野生芦苇。园田上直挺质优的芦苇，则是经过一代代人汰劣择优，精心培植而成的，始于北宋对白洋淀进行治理以后，盛于明清近代。

芦苇是白洋淀人民赖以生存的主要经济作物，从野生，再经过长期的自然繁衍和人工选择、培植，形成了优良的品种，以量大、皮白、质优素负盛名。

孙犁在他的名作《荷花淀》中写道：

“要问白洋淀有多少苇地？不知道。每年出多少苇子？不知道。只晓得，每年芦花飘飞苇叶黄的时候，全淀的芦苇收割，垛起垛来，在白洋淀周围的广场上，就成了一条苇子的长城。”

截至20世纪八九十年代，白洋淀一代代水乡人留下了12万亩苇地。白洋淀的水乡人家没有田地，没有麦收、秋收的经历，芦苇就是白洋淀人的庄稼，也是他们编织美好生活的珍贵基础。

芦苇用处真大。芦花穗可作笤帚，花絮可填枕头；五月的苇叶可用来包粽子；鲜嫩的根可熬糖、酿酒，老芦根可入药；成熟的芦苇秆子，可造纸、织席、打箔、按苫、编篓、打帘和制作苇制工艺品等。其用途之广，在军需、民用、基建、商业、外贸等多方面都有着重要作用。在漫长的时光里，白洋淀的芦苇有“铁秆庄稼、寸苇寸金”之说。

民国二十六年（1937年）以前，芦苇多为地主所有，淀区贫苦人民靠扛活、租地和捕鱼维持生活，生活贫困。“租着心酸苇，织着血泪席，吃着蒺藜面，穿着补丁衣”，是旧社会白洋淀人民生活的真实写照。

日本侵略者投降后，共产党人在淀区开展“减租减息”“耕者有其田”的土地改革运动。淀区人民有了自己的苇田，经过上泥、除草、栽培和精心管理，芦苇的生长在几年之内得到了恢复。新中国成立后，国家拨出粮食、发放贷款、移栽席苇，苇田面积大幅增长。

淀区芦苇有着不同的品种，白皮栽苇、大头栽苇、正草、横草、大尖苇、疙瘩缨、黄瓤苇、假皮黄瓤、白毛子、老婆草等，达10余种。按其品质，一般可分为即栽苇类、黄瓤苇类、柴苇类（以白毛苇为代表）3大类。

即栽苇类中，尤以白皮栽苇为佳。其皮薄，秆高达4米以上，节长，秆子颜色白皙，纤维柔韧，根部直径与顶端直径差距小，是织席、编篓、编篮和制作高级苇帘及出口箔的理想原料。白皮栽苇的收割期一般在霜降之后。

黄瓤苇，特点是皮厚、挺直、坚实、色黄，柔性稍差，但其颇耐水浸，因而是制做捕鱼苇箔的理想原料。也可用于编织，但须在农历夏至节后方可使用。黄瓤苇用来织席，只能织糙席。一般寒露后开始收割。

白毛苇，是淀区芦苇中适应性最强的一种，它分布面积广、易栽易活，繁殖力极强。秋天白毛苇的芦花飞到湿洼的土地上，第二年春天，就生根发芽，长出遍地的芦草来。不用人工管理，任它物竞天择，再过一年，就长成了成片、成洼的白毛苇。它不怕干旱，不怕水涝，生长得一年比一年好。但由于皮糙、节脆、韧性差，织不了席，打不了优质箔，织席也会掉节，只能做用于建筑的苫房苇箔或充作燃料。一般在中秋节后开始收割。

· 是日子，也是生计

江南人家种稻要插秧，白洋淀水乡人家也要栽苇。有人以为芦苇不过是野生野长之物，其实非也，芦苇也是需要栽培的，且栽培是芦苇生长中的重要一环。

芦苇如何栽，淀区人民千百年来积累了丰富的经验。立夏之后，小满之前，是栽苇的好时节。这个时间可以稍稍提前，不宜推后。此时气温较高，秧苗易成活。

栽前先要除秧——拣取品质优良、生长旺盛的苇地，作为取苇秧地块。用长柄铁锨把几株芦苇连根带土除下，作为一“墩”，以便移栽他处。把苇秧一墩墩除下，轻拿轻放，装船码好，以保持根部泥土不散，使秧苗根部不受损伤。除秧时，也要有所保留，注意除秧的密度与间隔，一块苇地的除秧数量不宜过多，这样保证除秧后，苇地能在一两年内恢复原有密度。

苇秧高度以四至五尺为宜。过小，苇秧柔嫩易折；过高，则不易缓苗（即发芽成活）。当苇秧过高时，应削去苇尖以免倒伏死亡。

嫩绿的苇秧在白洋淀里生长，一片一片，是最初的欣喜，也是最美的风景。常有摄影师择了好时机来到白洋淀，泛舟水面，拍下一张张苇地风光。

苇子能成材，首先要基础好，只有这样经过一代代人汰劣择优，精心培植而成的芦苇，到了秋天才能收获又长又白又匀称的顶级苇子。只有这样的顶级苇子，才能织出雪白的花席，成为皇家的贡品，也才能打成出口箔，深得日本、新加坡等外国人的青睐。这样的好苇，售卖时不是以把论价，而是按根数，每根多少钱，所以才有了“根根芦苇是金条”的说法。

舟行水上。

夏俊英说，这些芦苇现在没有人管了。倘在往年，经济效益好的时候，人都善待芦苇。早春时节或是春寒料峭之时，人都在苇地里忙活，忙着给芦苇上泥。

上泥，就是给芦苇施肥。多年生草本的芦苇，一年一年持续生长，会使苇田的地力下降，影响芦苇的产量和质量。勤劳的水乡人，会抓住时机给芦苇增加养分，给予力量。所谓“肥”，不过就是淀中的河泥。不过说起来，这白洋淀中的河泥，饱含水藻、鱼类等水生动植物的遗体及其他有机物质，长久地沉于水底，因腐败产生的腐殖质形成粥状的黑泥。从水中提取上来，那黑油油的样子，使人一望而知，其对芦苇

等作物的生长有着十足的营养。上一次泥，可保三年地力不衰，使芦苇长得粗壮高挑，产量增加。

提取河泥，农民用的工具是夹泥罱子。

两根长竹作罱子杆，罱子杆形如剪刀，杆子下部的交叉处用皮条缠住。罱杆底端，是用铁箍固定的两根竹条（梢子），竹条两端分别相连，伞状网的底部固定在两根竹条上，顶部系在皮条处形成一个网兜。

夹泥人张开两根罱子杆，下部网兜随即张开；把罱子按到河底，两根杆相并，河泥便被装在网兜里。夹泥时，两人乘一条船，一人持篙固定船只，另一人持罱夹泥，把泥提出水面、放入船舱。这真是一件力气活！不是年富力强的人，还真吃不消这样高强度的劳作。

把河泥夹满一船，运到苇田边，再用大勺舀到苇田里。专有拉泥人，用大耙把泥均匀地拉到苇田各处。大耙是用四块长木板拼成的木制方框，拉泥耙上系有长绳套，拉泥人可以用肩套拉耙，这项劳作也费力得很。

苇田上泥的时间，一般在冬春两季，深秋芦苇收割后亦可。这时候，苇田里芦苇已经收割完毕，新的苇芽尚未破土，净地亮茬，便于将河泥均匀地拉到苇田各处，亦不会因河泥覆盖而影响苇芽出土。每亩苇田上泥少则十几船，多可达50船至60船。泥施薄了，见效快，但后劲不足，浅水苇田拉泥

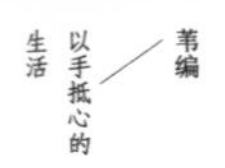

时踩下许多脚窝，泥可接触苇子根部，有利于苇根吸收营养。泥厚，则见效慢，但后劲大，在长时间内地力都可源源不断。

这些年，已经少见人给芦苇上泥了。撑船的夏俊英眼望一片芦苇无人收割，叹息一声，说如今芦苇没有什么经济效益了，青壮年人进城打工的多，芦苇荒在地里，冬去春来，新的芦苇也长不好了。

苇田也要除草。杂草如不及时除治，极易为害，影响芦苇产量。苇田的杂草种类很多，如：胡里豆（萝藦）、蛇魔秩（葎草）、野大豆（鹅腠）、促促六（酸模叶蓼），以及打碗花、小香蒲、牛鞭草、田旋花、马靛花，等等。杂草往往有着强大的生命力，英国博物学家理查德•梅比在《杂草的故事》一书里写道，“杂草长在了你本希望长出其他植物或者根本不希望长出植物的地方”，而这些不希望长出来的植物，往往会极具侵略性地霸占地盘与争夺养分。

以前对付白洋淀苇地里的杂草，主要是靠人力拔除。苇田的除草，一般每年进行三次。第一次是在清明前后；到了小满前后，苇子已一人多高，这时第二次拔除；第三次苇田除草可在夏至前后进行。经过这样三次拔除，可基本控制苇田杂草。

白洋淀文化研究者邓志庚有文章写道：“（除草）有下功

夫大的，在船上升起炉火，坐上两壶开水，手提一把开水壶，拿着一把锋利的铁铲，在苇田里巡查。发现一棵杂秧子，一铲下去，连根铲断，随后浇一股开水烫死孽根，以这种除恶务尽的精神，纯化着芦苇的品种。夏秋之际，还要冒着酷暑，不避蚊虫的叮咬和蛇的威胁，钻进苇田，拔除蔓草，不让它们攀附缠络，妨碍芦苇的生长。”

除草之外，其实芦苇也要防治病虫害。侵害芦苇的虫害，主要是芦苇钻心虫、芦苇飞虱、粘虫、蝗虫等。20世纪60年代前，人们对付这些虫害基本是束手无策。20世纪60年代后，对白洋淀大面积发生的病虫害采取了飞机除治的办法。以下是《圈头乡志》中列举的几次飞机防治芦苇病虫害的的记录：

1975年7月上旬，6万亩苇田发生历史罕见的粘虫，一般200头/平方米，严重者达1100头/平方米。7月14日，国家派飞机除治，控制了虫情；

1982年，飞机40架次除治芦苇钻心虫10万亩；

1986年，飞机50架次除治芦苇飞虱1.6万亩（包括雄县、徐水部分苇田在内）；

1987年，以超低量喷雾人工除治飞虱4万—5万亩。

霜降前后，白洋淀里满目金黄，“一岁一枯荣”，芦苇到

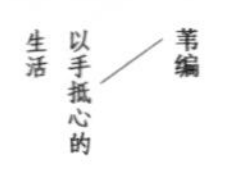

了收获的季节。白洋淀人把收芦苇叫作“打苇”，一年当中最大的农事莫过于打苇。

打苇的时间，也根据芦苇种类的不同，稍有早晚。凡生长在水里的苇子，都要在淀水结冰之前割清。等水面结冰了，没有办法行船，也就不再打苇了。

打苇也有不同的劳作，分“打旱”“扒苇”“小套”“大套”“甩套”等。

打旱——苇田地势高，无水。割苇人手持“打镰”(也称二大镰，镰刀较小，有两米长的木柄)，从苇子根部戗茬割下，捆成苇把，叫作“打旱”。这活儿只要肯卖力气，干起来难度不大。

扒苇——苇田里有30厘米以下的浅水，收割时，船进不了地，割苇人脚穿“牛绑”，蹚着水割苇。“牛绑”是用一块牛皮做成鞋样，绑在脚上，防止苇茬扎脚。手持的大镰，比“打镰”镰刀大一些，有长竹竿柄。捆成苇把，而后再把苇把从地里扛出，装到船上，此为“扒苇”。这活儿只要不怕脏，不怕冷，不怕扎脚，也好干 。

小套——苇田有30厘米以上、1米以下的水，船可进苇地。收割时，多用“六舱”船。打苇时，首先搭好“杠”，在第二和第四个舱，将长约2米的两根木杠（俗称“窝杠”），一端各插入左侧船舷下，另一端伸出右船舷。窝杠下各垫一木

墩，窝杠顶端放一根3米多长的木杆或竹竿（俗称“挑杠”），放苇子的架子就搭好了。用一根木棍或竹篙将船头固定。割苇由二人操作。割苇人称“掌镰的”，用的工具叫“套镰”，镰头有一尺半长，镰柄有一丈二尺长。掌镰的站在船头左侧，持大镰将苇割下。割够一束，用镰挑起苇梢，右脚站立，左脚抬起蹬在苇上，而后左脚随镰将苇一起上提30厘米左右，左脚将苇根戳齐，称“戳抱子”，然后将苇倒向船右。站在船上右侧的人，称“接把的”，手持小镰或领钩接住苇梢，与掌镰的将苇横放在船上。每割两束，捆成一个苇把。此为“小套”。

大套——水更深一些，深达1米以上，船只也要入了苇地才行。所用船只、设备，以及打苇的工序，大抵与“小套”相同，只是操作方法稍异。掌镰的站在船头左侧，手持大镰，站骑马式用力往后拉动将苇割下。割下的苇交给接把的横放在船上，接把的用“兜耙”(由1米多长的柄和1块长方形木板做成)，将苇根兜齐。也是每两束捆成一把，俗称“苇筒子”。此为“大套”。

甩套——苇田水深1米左右，所用船只、设备及打苇工序，均与大套、小套相同。船头固定后，掌镰的站在船头左侧，右手与右腋协作持镰，将苇梢用镰拢一拢，左手抓住苇梢，用镰割下后横放船上。接把的将苇戳齐，割够一把，捆

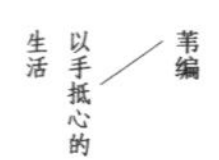

好，此为“甩套”。

以上数种收割方法，基本要求一致，即留下的苇茬要矬、平、净、齐。

白洋淀的人，祖祖辈辈深秋都打苇，练就了一身打苇的绝活。尤其是套苇，是很有技术难度的农事。有的生手，看别人套苇子觉得轻松自如，没有多难，可把套镰拿到自己手中一试，就傻了眼了。下镰时，“一摁到底儿，一拉出水儿”，套出的苇子长短不齐。捆成把子一看，根儿里有尖儿，尖儿里有根儿。大家开始笑话你了：“真有两下子，一丈高的苇子套出两丈高的把子来啦！”要是下镰的位置不对，压不住茬，割下来的芦苇会先后飘出水面，散成一片，让你没法儿收拾。别人就又该调侃你了：“射了箭儿啦？”行镰不稳，用力不匀，留在水底的苇茬就长短不齐。要是水浅，好不容易套满了船，船被苇茬卡住，撑不出来了。没别的办法，只好下水推船。这时候，大家就又该打你的哈哈了：“怎么，你的船能当车使了？”

白洋淀里的打苇场景，既热闹，又辛劳。芦苇是白洋淀人的日子，也是生计，每到此时，男人们肩头扛着圆月弯刀似的大镰，女人们拎着装着干粮午饭的手编提篮，一大早就进了苇地里忙碌起来。即便是半大的小孩，也都懂事地下地帮助大人劳作。高高的苇地里，有时看不见人，却能听见邻

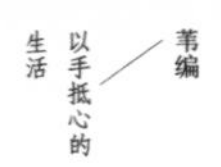

近的人的对话，或许是男人们口中粗犷的笑话，或许是女人们清脆的笑声，这些对话与笑声，是艰辛的劳作间隙里必不可少的调剂。到了中午，人们就在苇地里简单吃点东西填饱肚子，饭菜也都是当地特产，豆腐丝、熏鱼、饽饽。爱好喝酒的，则给自己带瓶小酒，喝上一两。

打好的苇子，一捆捆运到船上，芦苇堆成了小山。船在水上悄无声息地行走，一捆捆芦苇又被运到自家的院子。等芦苇变干了，再编织成各种苇制品：席、箔、苫，甚至工艺品篓、篮、帘等各样东西，希望可以卖个好价钱。

· 缓慢的劳作

穿过白洋淀的芦苇荡，枯黄的芦苇撂在了水边。渔民划着船路过，和他们聊天时说起，过去人们祖祖辈辈都割苇、编苇，现在席子没有销路，芦苇也就慢慢无人收拾，逐渐荒废了。

“这人们都忘了本喽，80年代的时候要不是靠芦苇，人们怎么活啊！现在，唉，不值钱就没人管了。”76岁的村民老杨，依然会在冬季来临前去打苇，苇子白白撂在地里，他觉得可惜。但打苇对他来说已经成为一件纠结的事，打回来的苇如果没有人要，又能派什么用场呢？

苇编产业一度是淀区群众最主要的经济来源。而今随着生活水平的提高，苇编制品的需求量减少，收割芦苇的人工费上涨，苇编制品的卖价低廉，连人工费都值不了。打苇早就不能养家了，每年春节过后，淀区的人都会寻求外出打工的机会。打苇子、编苇子这种原本在白洋淀边延续千百年的生活方式正经历着时代的变迁，年轻人早已不从事芦苇的收割或编织了，这些“苦差事”也就成了少数稍显“固执”的老人们的专属。

在许多白洋淀人的印象里，20世纪八九十年代是白洋淀芦苇的黄金时期。一根芦苇一毛五，200根苇子可以编一张席子。“那时候芦苇质量好，人们也管护得好。”老杨说，“芦苇荡里的芦苇一根根漂亮得很，人都称它‘小金条’。”

白洋淀传统的苇席产业，从20世纪70年代末开始复苏。“那时候水区人民都靠织苇席活着，可以说这是水区人民最主要甚至唯一的经济来源。”

我们在雄安新区圈头乡的村庄里走访，苇农们无一例外会提起曾经苇席走俏时的场景。“全国的粮仓都在用白洋淀的席子。80年代，白洋淀芦苇有10万亩，年产1.5亿斤，年产苇席几百万张。一张席子5元钱，年产经济效益数千万。”

到了20世纪90年代中期，随着社会经济的飞速发展，白洋淀苇席产业开始衰败。

“不说别的，以前农村的土炕基本都用苇席。后来都改成床了，谁还用苇席啊。粮仓也一样，过去都用苇席屯粮食，现在都改用铁制粮仓了。”除了市场萎缩，随着人工成本上升，费力织出的苇席卖不上价钱，也让淀区人民开始放弃这一传统产业。到了2000年以后，织苇席的盛况已消失。

白洋淀边村的花席，垒头村的回纹席，曾经很有名气，但苇席销路减少之后，人们转向制作苇箔。苇箔的出口，创造着芦苇的经济效率，也成了芦苇最主要的加工方式，主要出口日本和韩国市场。后来苇箔的经济效益也在下降。人工织苇箔，两个人一天织四片，一片才卖二三十元，这样低回报的活计，再也没有人愿意干了。

有人说，这些手艺太老了，落后了，早该淘汰了。也有人觉得可惜，说那些苇编手艺是一种文化，不该消失。我们今天重新走进白洋淀来寻访这些苇编技艺，其实更是记录从前人们对于自然与物品的珍重态度。

芦苇在淀中生长，人们给予关注与栽培；到了收获的时节，再费力从地中收割回来；然后又花费大量时间，把这些来自大自然的原材料变成手中的工艺品。这是缓慢的劳作，也是白洋淀水边人家的生活方式，由这样的生活方式出发，也影响和构成了他们的人生哲学。

今天的生活，一切都变得便利、快捷、高效。当我们再回溯这些生活方式时，又会获得什么样的启发呢？

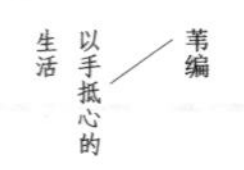

· 正在丢失的家园

大田庄村，地处白洋淀边。周围苇丛掩蔽，淀水环绕。

这是一个安静的水边村落，看起来依然有着其野性天真和自然古朴。时间在这里，呈现着它自然的漫长状态。

在村落里行走，横七竖八的巷子像一座迷宫。这里凹进去，那里凸出来。孩子们在巷子里奔跑，路线熟稔；而对外人来说，每一条路都是弯弯曲曲的，走进去就会迷路。穿过这个村落，通过巷子的组合，可以有几百种绝不相同的走法。

街道两边有一根根方柱子组成的长廊，墙上写着古代诗歌，画着风景画，柱子上贴着对联。每面墙都斑斑驳驳，每条小巷都藏着时间写下的历史。

孩子们在大地上奔跑，玩陀螺，跳房子，充满活力。大人们在街头巷尾闲谈，晒太阳。门口石墩子上有人坐着，收割好的苇子在门口整齐叠放 。

我们在这些巷子里行走，去寻找编织苇席的人。向导告诉我们，以前这样的人在这个村庄里遍地都是，随便走进一个家门都可以看到人们坐在地上织苇席。但是今天，还在织

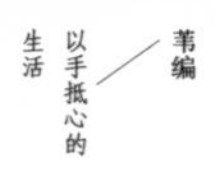

席的人已不多见。

每年收获苇子的时候，白洋淀里老小都在一起劳作。许多人记忆里都有自己小时候随着大人在苇田劳作的情景。已成为机关干部的陈先生，向我们说起自己小时与大人一起在旱地里收获苇子的经历。大人用镰刀收获，他则往返背苇。半天的劳作，不停地往返，一趟趟把苇捆搬运到小路边，背上的苇捆越来越沉，汗水湿透了衣背。

中午在苇田里的午餐，也成为难得的休憩。一口馒头就一口凉水，吃完一屁股坐在苇秆上，小憩一会儿。很快，陈先生就睡着了。一觉醒来时发现，天都已经暗下来了，身边的苇捆早已码得整整齐齐。原来在他睡着的时候，父亲母亲不忍心叫醒他，“看你睡得那么香，你爸说就别叫你了，这不，我和你爸、你姐已经扛完了……”

后来一直努力读书的陈先生，考上了大学，成了公务员，早已离开了白洋淀边的农村生活，但少年时苇田的劳作经历，却让他每每想起就满怀感动。大田庄的芦苇记载着朴素的亲情。

正如勒克莱齐奥所写：“在我们还是孩子的时候……我能够感受到笔直的树干在何种程度上深入我头顶上那片黑乎乎的苍穹。我能够感受到，在村庄的林间空地上赤裸的身体，闪闪发光的汗水，女人宽大的侧影……所有这一切，形成了一个和谐的完全摆脱了谎言的整体。”

置身于粗粝而纯粹的自然空间，能够唤醒全部的感官和想象力。

每当傍晚，夕阳欲下，一只只篓子船驶进村南的港湾，停在两桥中间。一会儿船上渔火燃起，映红两桥，人们舀着桥下潺潺流水，做饭、卤虾，蒸虾食。

因为交通不便，大田庄的人们只能靠渔船出行，和外界取得联系。可以说，这里的人们生活是不方便的。但正因为这种不方便，也使村民间有了互帮互助的习惯，人与人的联系也因此分外紧密。在这个村子里，有人管理水井，为每家每户送去清凉的井水；有人修理房屋，他会拿着工具免费为人家修理房屋；遇到力所不能及的事，大家就互相帮着共同解决。收割苇子的时候，上至大人，下至小孩，全都劳动着。

只有在白洋淀这样厚重的土地上，才能滋生出真正厚重的文化。

费孝通在《乡土中国》里说，我们正在拥有越来越多的房子，但我们正在失去越来越多的家园。中国这100年以来，人们不断走向城市，在“去乡村化”的现代化过程中，乡村慢慢沦为简单的生产场所，慢慢地变成不适合人居住的地方，“家园”消失了。

行走在白洋淀的每个地方，它们都会让你知道，这里仍

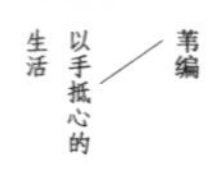

然是一个家园。蓝天，碧水，芦苇，荷花，和那在烟波浩渺处轻轻摇过的渔舟，形成一幅自然的画卷。

春季青芦吐翠，夏季红莲出水，秋天芦苇泛黄，冬季泊似碧玉。正如北岛所说:“白洋淀的广阔空间，似乎就是为展示时间的流动——四季更迭，铺陈特有的颜色。”

白洋淀的生活，像是自然的恩赐，而芦苇构成今日乡愁的辽阔背景。

退休后在白洋淀文化研究院工作的邓志庚，如今把写文章当作生活的一部分，从前在白洋淀生活过的经历与丰富的记忆，已成为他文章的独特标签。他有一种历史使命感，要用文字写下那些已然消逝的风景，否则将来的人将无法清晰地获知过去的生活。

老邓曾在一篇文章里写过芦苇——

“芦苇春分时节发芽，紫色的芦笋齐刷刷地从地里钻出来，成块、成片。这时候，人不敢蹲在苇地里，怕飞快成长的苇锥钻了屁股……到了清明节，苇杆已经长到二尺来高，长出了翠绿的叶子。淀区的百姓有上坟祭祖‘压褂子’的习俗，水大的年头儿，坟茔被水淹了，就把纸钱挂在芦苇梢上。每到此时，一望无垠的苇田里，点缀着迎风招展的白色纸钱，给芦苇荡增加了灵动和神秘。”

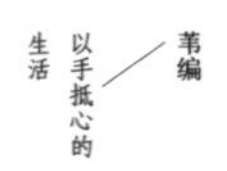

我们在寻访时，听到不止一个人说到过上坟的事儿——水淹了苇地，也淹了坟茔，祭祖的人只好寻个大致的方位，遥寄一缕对远去亲人的思念。而在这样的意象中，芦苇已然带上了人世的另一种乡愁。

“到了端午节，芦苇笔直的秆上伸展开了刀匕一样的苇叶，高度已经没人。野鸟开始在苇丛中做巢，最活跃的是‘呱呱鸡’，欢快地叫着飞出飞进，搭窝、产蛋、生儿育女。它们是水情预报员，窝搭的高低，预报着当年水势的大小。端午节时期的苇田里，经常看到有大姑娘、小媳妇钻出钻进，她们在采摘肥硕的苇叶，准备包粽子吃。还有一群群光着屁股的孩子们，他们是在趟鸟蛋，淀边的苇田里有浑身黑点儿的‘鹳丁’蛋，青皮儿的野鸭蛋……找到一窝，里面就有几个、十几个。要是不拿光，给它们剩下一两个，鸟禽们就认窝儿继续在这儿下蛋儿，过几天还到这里拾蛋儿就行了。”

作家和诗人们来到芦苇丛中，诗情即荡漾在心间。他们说，在古老的年代，“人们可以通过风在苇荡的喃喃低语，分辨出芦苇的种类”。

芦苇是诗情生发的场所，也是许多生命的家园。每当落潮时，水淀中带有泥巴的芦根就能显露出来，爬动的小螃蟹穿梭其中；而在满潮的时候，一望无垠的芦花在水面映出倒影。芦影下不仅是鲻鱼、虎鱼、虾等愿意栖息的地方，苍鹭、

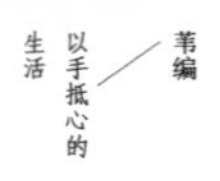

鹬鸟等也把这里当作隐身之所。

到了冬天，水面结冰，蹲下身，还能听到水波推送冰块的声音。透过忽大忽小的冰缝看水下，几乎透明的浅灰色小鱼慢悠悠地游弋其间。

“每个抵达白洋淀的人，都会神秘地感觉到这里似曾相识，像我们从小就熟悉的一样。人与水共存，散发着浩瀚的生气。”在白洋淀，你能发现一种隐没已久的简朴的意味。这种简朴来自人与自然的和谐关系，对传统和历史的尊重和传承，还有日常生活的从容。当人与自然的这种简朴关系渐行渐远，当对传统的尊重和传承变得日渐随意，当日常生活的脚步也变得匆忙，是不是也意味着我们正在一点点丢失自己的家园?

卷

二

工　艺　之　美

城里人的乡愁是失落了村庄，而白洋淀这块土地没有乡愁，这里只有大片的芦苇、荷花淀，以及村民编席的日常之美。这里有一种与工业化和现代化相对立的原始力量，让我们回想到很久以前，人和芦苇一样，是根植于大地的。

古代劳动人民创造工艺品时不单单表现了高超技巧，而且表现了他们的美的理想。

“工艺”，是指与一般民众的生活有着密切关系的工艺品。由平凡工匠所制作，不加落款，造型单纯朴素，无不必要的装饰，坚固耐用。

不耐用的作品，或是无使用价值的制品，是称不上工艺品的。物的本质应该由其用途决定，实用是第一位，在实现功能性前提下，才能兼具经济和美观。

这种“用即是美”的思想起源，至今已无法考证，然而我们却能从7000多年前的河姆渡文明中窥见一二。

在浙江余姚河姆渡文化遗址中，曾出土过上百件苇席残片，小的如手掌大小，大的一平方米以上。虽已腐烂，但仍可看出规整、均匀、结构紧密的编织技巧。编法以几根苇条为一组，有的以两根为一组，竖经横纬，编织成“人”字纹。经纬分别，条纹清楚，密度均匀，色泽金黄，花纹简洁，手感光滑。

传统民间工艺在它所处的时代，为人们的物质和精神生活作出了卓越的贡献，尤其是物质生活。它和人们的饮食起居密切相关，满足着人们的物质需求。如锄头、镬头，是原

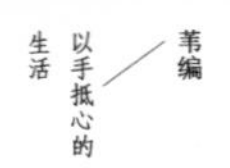

始农业耕作的重要工具；牛车、马车，是农业社会时期重要的交通运输工具。同时，锻打、卯榫工艺又是那时手工业生产技术能力的结晶。

白洋淀的能工巧匠们运用不同的编织方法，编织出各式各样的苇编制品。苇箔、苇席、鱼篓、虾篓……它们的形态是那一时期人们生存状态、生活方式的真实记录。

· 苇席：精湛的手艺是时间的产物

“我到了白洋淀，第一个印象，是水养活了苇草，人们依靠苇生活。这里到处是苇，人和苇结合得那么紧。人好像寄生在苇里的鸟儿，整天不停地在苇里穿来穿去。”（孙犁《采蒲台的苇》）

华北明珠白洋淀，总面积达300多平方公里。这里烟波浩渺，壕沟纵横，田园交错，水村掩映，自古以来就盛产鱼、苇，是著名的“鱼苇之乡”。

我们走进村民家中，一位穿着青衣灰裳黑布鞋的老奶奶正在织苇席。老人手指上缠绕着柔滑修长的苇眉子，像绣花一样在编织。

·时间流淌过的痕迹

住在白洋淀的水上人家，几乎人人都会编苇席。

苇席是白洋淀重要的土特产品，也曾经是国家经济建设的必备物资。在很长的时间内，白洋淀的苇席，以其产量大、质量好、销路广而闻名全国。

苇席在白洋淀，是时间流淌过的痕迹。

3000年前白洋淀就有苇席，这是考古学家论证过的结论。在容城的上坡遗址，人们在久远的泥层中发现了苇席的遗迹。

西周时期，苇席不仅成为贵族阶层的日用品，还作为丧葬用品列入礼制。《通典》记载："周制……大夫四鬲，诸侯六鬲……幂用苇席，北面，左衽，带用幹……"南朝的崔凯《丧服难问》解释："鬲以苇席南向横覆之。"就是用苇席包扎随葬的鬲。

《后汉书》记载："以木为重，高九尺，广容八历，裹以苇席。巾门、丧帐皆以簟。"

战国时期的贵族生活中，大量使用苇席。战国中山国遗址中出土的精美席镇，诸如双翼神兽、犀牛席镇等，证明席子已是贵族必备的用品。

到三国时期，席子就成了百姓常用的物件了。《三国志•蜀书•先主传》记载，东汉末年，涿郡刘备"少孤，与母贩履织席为业"。可见刘备编席子手艺不错，能养家糊口孝敬母亲。

1000余年前，白洋淀的苇席是上贡给皇宫用的。《保定郡志•食货志》载，唐朝时上贡"席三千领"，宋朝时上贡"席二千领”。

靠水吃水，靠苇吃苇，老百姓的生活总是与自然物产密切相关。

北宋名臣曾公亮和丁度主持官修的军事著作《武经总要》里也有记载：“自顺安军东至莫州二十里，皆是川堑沟渎，葭苇蒙蔽，泉水纵横……此中国得地形之多也。”北宋官修的地理总志《太平寰宇记》也记载：“淀中有蒲柳，多葭苇。”

有考古资料证明，宋金时期，白洋淀苇席、苇箔，沿着大清河运到“海上丝绸之路”的起点海丰港（今黄骅市海丰镇），从这里起航，与定州、镇州的丝绸，恒州窑、定窑、邢窑、磁州窑瓷器一起运销日本、朝鲜半岛和东南亚。

再往后，苇席在白洋淀长盛不衰。《安州志》说，“除织席一条路，别无活计”。苇席销路“遍满直隶及关东口北”。

苇编席以糙席最为普遍。糙席的工艺比较简单，席面只有一种席花。随着苇编席不断改进创新，织得越多，技艺也越娴熟，工艺也越精巧。除了苇席的种类不断增多，各种席面的图案也不断翻新，人们创作出各种席面的“苇编花席”：回纹、桌面纹、平纹、人字纹、彩纹……

到20世纪，白洋淀上有12万亩苇田，以芦苇作原料的白洋淀苇编是白洋淀最主要的产品。对于白洋淀的人们来说，编织苇席首先是生活的需要。人们通过这种劳作换取经济的回报，使得生活得以维持。而军需、民用、基建、商业、粮库等各方对苇席的需求，保证了这一点。曾在一个漫长的时间段内，供销合作社高价收购苇席，这为淀区人们的生活创造了条件，这种购销方式一直延续到20世纪80年代中期。

此外，从另一方面来说，编织苇席的手艺，又构成了淀区人民独一无二的记忆。这是一种情感的纽带。一张苇席的织法可以串起一个家族几代人的回忆。织的是物，但显现的是人的心性和对物的敬仰与单纯的理解。

正如林语堂所说，“我们现在必须承认，生活及思想的简朴性是文明与文化的最崇高、最健全的理想，同时也必须承认当一种文明失掉了它的简朴性，熟悉世故的人们不再回到天真淳朴的境地时，文明就会到处充满困扰，日益退化下去”。

手工编织苇席，需要手艺人付出不断叠加的时间和心血。但也正是在这一次一次的穿织中，培养了手艺人的耐心与深情，并缓慢地靠近了织物的“身体”，这种由时间来挑剔和甄别近物之人的方式，古老却也朴素自然。

现代人生活在高度自动化控制的环境下，人被机器包围，过着自动化的程序性的生活，失去了丰富的感性思维能力。而在手工劳动中，人与泥土、芦苇、棉麻等纯自然材料做着面对面的亲密接触，情投于物，心手交融，体现出一种对人性的尊重。

类似苇席这样的手工编制品，就是对人在劳动中的主体性的重新关照。当一张张图案精美、手感细腻的苇席完成，并出现在我们的视线里，每个人都会生出对时间的敬畏。白洋淀人也在这样天人合一的环境中，通过重复的日常劳作，编织出生活的诗篇，书写着天地间的大美。

· 苇眉子又薄又细，在她怀里跳跃

“月亮升起来，院子里凉爽得很，干净得很，白天破好的苇眉子潮润润的，正好编席。女人坐在小院当中，手指上缠绞着柔滑修长的苇眉子。苇眉子又薄又细，在她怀里跳跃着。”

这是孙犁先生在《荷花淀》为我们描述的编织苇席的一幕情景，极为动人。

编席人的双手如同梭子穿越，苇眉子在她怀里有节奏地跳动与摇曳。女人坐在席上，就像坐在云朵上。白洋淀的编苇女子与江南的不同，她们身体上洋溢着一种结实与健康的欢快。

根据用途，苇席大致可以分为以下几种：

炕席——主要用于北方家庭铺炕。

囤席——产粮区用于储粮。一般为长条形，故又称“条子席”，也称“齐子”，宽50厘米，长数十米。

苫垫席——主要用于苫盖货物、建筑物资或粮店铺仓。

包装席——用于包裹货物。

天花板席——一种用于装饰居室的工艺席，多做房间壁板或屋顶天花板。

苇席的大小规格，也随其用途不同而变化。1937年以前还有丈二五席、丈六席、丈八席等。此种大席多销往东北。

后来有丈二席（长4米，宽1.7米到2米），丈一席（长3.6米，宽1.7米），以及五九尺（长2.9米、宽1.6米），五八尺（长2.5米、宽1.7米），四八尺（长2.5米、宽1.3米），四尺半九尺半（长3米、宽1.5米）等。

编席的人，耐心地劳作着，如同在编织她的烦琐而细碎的生活。

在白洋淀，织席是每一个女人必须熟练掌握的技能。我们走进村庄，去寻访这些民间工艺的延续者，在织席并不能创造太多经济效益的今天，这门手艺依然有着令人惊讶的生命力。

年近六旬的夏小仙是圈头乡北街村还在织席的女人之一。天气好的时候，她就会在院子里席地而坐，手里拿着工具，守着一捆芦苇熟练地操作着。一整根芦苇，在她手里瞬间变

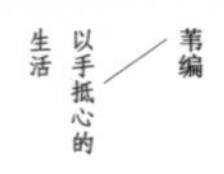

成了三条，动作迅捷到几乎令人无法看清。她手中的圆形工具叫三楞篅（chuán）子。这是一个简单又充满奥妙的器具，破开芦苇每个人都离不开篅子。

夏小仙说，她自小就跟着母亲学习织席，白洋淀长大的孩子没有一个不会这个的，更不要说成年女性了。她说，以前淀里家家户户都织席子，要靠它养家糊口。

她一边说话，一边熟练地将整根的芦苇分成条。这项技艺对于她来说几乎已成为下意识的劳作，眼睛都不用去看，手上自动能够很好地完成。用四楞篅子、三楞篅子、拉子分别把芦苇破好瓣，再用竹制的苇夹子打掉苇皮……一道道程序，夏小仙早已经轻车熟路。

从手腕到指尖，白洋淀的女人在编织苇席时微妙的动作，具有独特技巧的手指的姿势，极具美感。手是手艺内部的生命，它使传统蓬勃 。

我们观察这些织席者的手，几乎每只手上都遍布伤口。虽然劳动时都会戴一双手套，但芦苇粗糙的外皮依然会割破皮肤留下口子。

破苇，或曰“解苇”，只是编席这个漫长的流程中的一环。苇编是件烦琐的劳动，每个步骤都要一丝不苟。

从苇地里收割来苇草，晾干，根据芦苇的粗细，用自制的篅子分别把芦苇破好，捆成捆。然后用竹制的苇夹子打掉

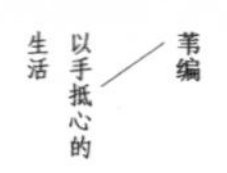

苇皮。编席用的苇子，要扛到河边，往水中蘸一下，放在一边儿“闷”着。吃了晚饭或者第二天起早，扛到碡场子去轧苇。

碾轧苇子要讲技术。技术好，轧出的苇子软硬适度，柔韧性强，不披散，不扎手，宜于编织。

轧苇时，要将苇捧子戳齐，理顺平展，再行碾轧。尖儿上少轧，根儿上多轧。轧苇时忌苇枚零乱、斜置，出现拧条须随时调整，理顺展直，否则苇子披散、断节，不易编织。

每场苇轧到一定程度，需“翻过”，以使苇碾轧均匀。

“翻过时边抖动苇枚，令其舒展，边在膝盖或腹部戳，以使根部齐整。”这样的操作要领，写在书上，也深处人心，足见人们对这项劳作一丝不苟的程度。我们在村庄的角落里，见到那种沉重的大圆柱形石碾子，石头中心穿一个轴心，两头用架子和绳子联结，其构造极其简单，靠人力拉动。我们试了一下，石碾子相当沉重。

轧苇并不是一遍就能过关，得轧两场，轧完第一场长苇，要轧第二场短苇。此时，仍可将长苇横放在苇场中间继续碾轧，以使长苇根部碾轧充分，编织时柔韧好用。

正式的编织，是从“投苇”开始。

“投苇”，是把轧好的苇眉子，从高到低依次投成长苇、二苇、三苇、短苇等若干“捧子”。

“踩角子”，是将苇的首尾交错依次排于脚下，从席的一角编起。此法是传统编织方法，有节省长苇及占场地小之优点。20世纪50年代，人们又创出一种新的编织的开头方法，即先“打条”编席心，然后从席的中间开始。此种方法编织速度快，一片席可同时两人以上编织，其缺点是用长苇多，且需要场地大。

“角子”编好后，沿所登角子编一长条，即从席的角开始到席的另一边的斜长条。打完条，即可从条的两边织开去。

“编席心”，即编织除席边以外的席的主体部分。

席心由一个个席花组成。编席口诀为“抄二压三连抬四”。即先将眉子抄起两根，再压下三根，抬起四根，如此循环往复，直至成席。凡编席能手，多驾轻就熟，织起来十个手指上下翻动，跳跃自如，又快又好 。

然后是“摆边”。即主体部分编织完，着手编织边沿部分。摆边原只有“小边”(单根眉子编织)，20世纪50年代后，始有“大边”(双根眉子编织)。一般好的栽苇所编之席，形色兼备，质地优良，均为“小边”。苇质较差，所编之席质量粗劣，多为“大边”。小边致密、结实、美观；大边疏松，成席速度快。摆边除“大纹”外，即为织“边花”，其口诀为“俩三根，俩四根，抄一根，压一根”。摆完边要回刺，回刺用缫席刀子操作，以使席边致密结实，提高席子成色。

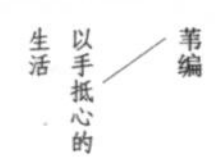

之后是“缲（qiāo）席”。回刺完毕，即将席子翻过，截掉内茬，谓之“截边”，又叫“截席”。截完席，要喷洒水，“闷”一下席边，叫“闷席”。这可使席边柔韧。之后用缲席刀子及编席尺子沿边花划线，“刺席”“叠席”，叠成的角结实致密、平坦方正，使席之成色大增。编席的最后一道工序，是将边茬用缲席刀子插入席花，以使席成形。缲席亦有舒茬、闷茬之分。

编好的席子，还要用碌碡轧边，以使边沿齐整贴实。再用废旧的鞋底麻边，以使边沿光洁美观。还要闷水、抻直、调整、打捆。

以上种种工序，一般读者读来会略觉枯燥，不知所云。但倘若久操编席之人，过一眼就可明白其中要义。河北大学的贾慧献教授曾带领学生寻访编席工艺，但所留文字极少，问其原因，只因编席这样细致烦琐的操作，要用文字一一详尽记录下来，实在是太困难了。也因此，编席的技艺在白洋淀人那里，大多是言传身教，手口相授，鲜有通过文字的方式学成此项技艺的。

一个熟练的织席者，大约4个多小时织一张席子，一天下来能织一到两张。按2017年的价格，每张席子大约能卖25元钱。

蹲下身子，一遍一遍抚摸已经织好的苇席，花纹从席子的边沿伸展，交叉错综，经纬纵横，编物织梦。这些苇席的触感、重量、尺寸，纹路的每一道细节，以及每一处切割和编织，都独特而别致。

每一张苇席上，都携带着白洋淀女人们细密的指纹。

·古老的手艺在新的器物上被唤醒

苇席编织，需要劳作者付出不断叠加的时间和精力。即便织一个样式简单的席子，最快也需要4个小时，花纹式样更多的席子则要多出数倍的时间。

但也正是这一次一次的穿织，培养了他们的耐心与深情，并缓慢靠近了织物本身。这种由时间来挑剔和甄别近物之人的方式，古老却也朴素自然。

大田庄村71岁的田玉桂，自小就开始接触苇席的编织。织了六十多年，苇眉子一根一根都编织在她的生命里。

白洋淀的席，有糙席、细席之分。糙席是普通席，没有什么花纹，只是用来遮风挡雨，铺房苫顶，搭铺围垛；而细席是指那些有各种各样花纹的炕席。最精细的炕席，用最好的苇织成，编上漂亮的花纹，一张能卖到80元。

织这种细席，苇要上等的，席篾要均匀的，即便是席花与纹路也是根据用主的喜好来编。田玉桂的手艺过人，能编出最好的席子。过去白洋淀人家办喜事，很多人会找到田玉桂来定一张“喜”字席，选苇要精，席花要密，织席人的技巧更要高人一筹。不过，田玉桂到了今天这样的年纪，早已吃不消做这样的活计了。

大田庄的清晨，在巷子里走一走，便能听到早起的男人轧苇的声音，“嘎啦啦”，“嘎啦啦”。等吃过了早饭，村头的树荫下，三三两两的女人都聚在一起，一边织席，一边闲聊。女人们熟练地挑起苇眉子，得心应手地编织着席花。这是过去大田庄夏日晨间常见的一景。

白洋淀的妇女，绝大部分会织席。到了谈婚论嫁的年龄，婆家先打听：“会织席吗？”掌握了这门手艺，就增加了婚嫁条件的筹码。而能织出双纹、三纹、人字、十字、三角、胡椒眼等各式各样的席花的女人，自然更是全村女人羡慕的对象 。

单一的直线条，在规律性的重复中，以最简洁的形式表达了无穷的可能与无限的张力，产生了多元的变化，形成了丰富的几何纹饰。这种纹饰延伸开来，产生了美。这种美，是在实用的器物制作过程中自然形成的，且会随着时间的推移，越发地散发出质朴、简练的恒久之美。

编席苇子经纬不断，除了织出花纹，还有人在席子上神奇地编出文字。

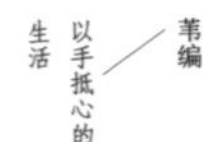

我们在安新县城找到了退休干部田荣承，见识到了他用500根苇子成功编织出的带有漂亮文字的苇席。苇席长2.05米，宽1.28米，席子中央是两行漂亮的文字："美丽水乡，春满白洋"。从45度角的方向斜视，在光线的反射下，文字的轮廓通过苇子正反两面不同的色泽凸显出来。这巧妙的编织技艺令人赞叹不已。

老田是安新县大田庄村人，是县委党校的退休干部。这位酷爱文学创作，曾出版过长篇小说的老者，另一个执着的爱好就是研究字席的编织。对字席的沉迷，大概缘于自小就跟着父母用苇子编席，因而对这项古老的技艺情有独钟。字席与花席不同，花席只需延续某种规律，按照一定的口诀即可编出；而字席因每个字的笔画纹路不同，毫无规律可循，每一笔都要研究出编织方法，才能往前推进，任何一处的小疏忽都会导致前功尽弃。

苇席靠经纬交叉编织，要想经纬不断一根苇子用到底，编出位置不同、笔画各异的文字，其难度很大。由此，老田对字席，付出了极大的心血。"美丽水乡，春满白洋"这块席子，老田使用了500根苇子，最长的3.5米，最短的只有5厘米。他每天一边研究，一边编织，由250根苇眉子作经线，由250根苇眉子作纬线，织成8个"方块"，4个"方围"，足足花费了20多天才编织出成品。

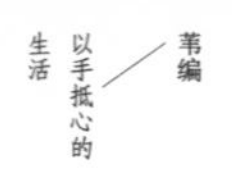

一方苇席，就是一片芦苇荡；芦苇荡里阡陌纵横，沟渠往来。苇席上的字，就是写在大地上的草木言语。

古人传说仓颉造字时的情形：“颉首四目，通于神明，仰观奎星圆曲之势，俯察龟文鸟迹之象，博采众美，合而为字。”仓颉并不是真的有四只眼睛，而是说他象征人类从猿进化到人，两手解放了，全身直立，因而双眼能仰视天文，俯察地理，好像增加了两个眼睛，他能够全面地、综合地把握世界。

在苇席上织字的田荣承，与其说是一个苇编的传承人和创新者，不如说是一个护苇、懂苇的痴人，更是一个把自己的语言与时间织进“物”中的人。

他一头钻进芦苇荡中，与芦苇们融为一体。

那些织席的白洋淀的女人，都与芦苇们融为一体了。

正如一个有生命的躯体是由骨、肉、筋、血构成的，一件生动的作品，必然将条理、规律与活泼泼的生命情趣结合起来。有了骨、肉、筋、血，一个完整的生命体才能诞生。

不论是花席，还是字席，经纬交错，都有各自的均衡、比例、对称、和谐、层次、节奏，以及存在的空间感。席上的每道花纹，每个字，都像一座建筑，有栋梁椽柱，有间架结构。每一个交错与勾连，都是自然而然的必要，没有刻意与多余的装饰。

苇编字席的成功创新，在于它对传统花席的继承与发展。一改传统花席席面花纹单一的缺点，将传统花席单一的花纹，变成字和花纹的巧妙结合。在传统与现代的共同作用下，创造出属于自己的作品，并且“不忘其本”。

田荣承的苇编字席在继承了前人的经验与智慧的基础上，对苇编手工文化进行了重新定义。当老人把所有亲手织的苇席拿出，在地上一一摊开时，我们感受到了一种震撼。这些苇席仿佛一幅幅长卷，因时间的收藏，而更添魅力。他独创的苇编字席，也让人感受到了苇编无限的可能性。

当下提到传统，更多人会赞叹工艺之精美，传统之伟大。而很少有人思考，“传统”何以成为“传统”，或者为何不能用“现代”思路去替代一部分的传统方法和材料，去创造更易于为今人所接受的新手艺。

在日本被称为“茶圣”的千利休曾说，在遵循既有的规矩方法，进入突破和超越的阶段时，也不能忘了根本。这就是“守”“破”“离”——要求创造者先忠实地学习既定模式来彻底掌握，即为“守”；然后破除这些长期积累的模式，创造出属于自己的世界，即为“破”；最后将既定模式及自己创造的世界全部忘掉，即为“离”。

编织苇席不是抽象的空想构造，它是在深刻和丰富的生活体验中实践出来的。织好的席子，光滑柔软，结构结实，有骨有肉。不同的席子呈现千般风貌，有着不同的纹路和肌理。我们在白洋淀看到编织好的苇席上的花纹，细密平整，光洁如肤，心中暗暗敬佩，难以想象这是由白洋淀上粗生野长的粗粝的植物制成。而从那些粗粝的植物，到这些饱含情感的器物，这个过程中发生了什么?

是的，是由这一些对生活充满虔诚和敬意的人，是他们的一双双手，在时间里通过这些制成的器物将情感流传下来。古老的手艺被唤醒在新的器物上。这是一场人与物的对话。人发现物，赋予物以新的意义。

· 苇箔：从容不迫的日常

在大田庄，我们去看人打箔。

张百岁老人亲自为我们演示他手工编织苇箔的过程。

先在院中搭起木头架子，将打苇箔用的麻绳分别缠在两块砖头上，砖头耷拉在木架子的两侧，以保持平衡。编苇箔分为两步：

第一步：打绷子。根据所制苇箔要求的经绳道数，在地上划线钉木橛子。如要求10道经绳，则在两头各打10个木橛子。中间拉上麻经和绳，每道用麻经与绳各1根。底下为绳两头拴在木橛上，拉紧绷直；上面为经，用手勒苇子。

第二步，打箔。把选好的苇子放在底绳上，用上经压住，穿过底绳，扭绕成扣，勒住苇子。每一道经都这样做完后，再续新苇。如此循环反复，直到打足长度后，把两根经绳系成死扣，剪下余绳，即成。

张百岁老人告诉我们，编织一张这样九尺长、九尺宽的苇箔，需要来回走300次，一次走3米，一共走900米。

在烟尘的人世，人人将时间看得很重要，可是眼前这位

老人，却如此耐心又平心静气，专注于编织一张苇箔，使我们觉得在这个时兴速度的世界上，仍然有从容不迫的日常生活。

·苇箔有一种亲切朴素的特性

苇箔制作始于何时已无文字可考。

但苇箔无疑是白洋淀的重要苇制品。在白洋淀，我们一次次看到和听到人们谈论这种在当地最有特色的手工苇编制品。苇箔，即用芦苇编成的帘子，可以盖屋顶、铺床、当门帘使用。光淀村生产的苇箔致密齐整，平坦板实，用料考究，结实耐用。外地用箔或到该村订货，或到该村雇人到用货地去打制，如关城、同口一带打制鱼箔，即常到光淀村雇人。

1949年之后，随着苇箔用途的扩大和苇箔销路的拓宽，打制苇箔以光淀村为中心逐渐辐射到周围村庄，使苇箔生产有了较大发展。

从1971年开始，白洋淀发展了一种出口苇帘，即出口箔。这种苇帘式样美观、色泽洁白、坚固耐用，很快打入国际市场，远销日本、法国、美国、加拿大、意大利等国。1982年白洋淀出口苇帘35万片，换取外汇400多万元。此后出口量逐年增加，这种箔换汇成本低，创汇率高，是白洋淀外向型经济的一大支柱。至1983年，白洋淀出口苇帘已发展到50

多种。

常见的苇箔有以下几种:

一是鱼箔。

这是用来捕鱼的。插入水里，阻挡鱼的游路。淀区的渔民，喜欢用芦苇编制成各种渔具，用来治鱼。常见的芦苇渔具有鱼箔、密封、大箔等。这些芦苇编织的渔具，是专门为鱼类摆下的迷魂阵，鱼只能进而不能出。鱼箔的高度，常根据水的深浅而定。规格多为8经至14经不等，长在2米至3.6米之间，高多在1米以上。另有一种在浅水里用的小鱼箔，多为5经、6经，即高1米至1.5米。还有一种“别根儿”，是在箔的一端回折一空，“双别根儿”则是对折。打这种箔的苇子都是剥掉皮的，打出来玲珑剔透。这种箔的特点，是闸到水里透溜，箔缝不易被附在箔上的污物堵塞。这种鱼箔，过去多销往海河下游天津一带 。

二是泥水箔。

这主要是建筑用箔，一为铺房用；一为箔的两面抹泥，作临时建筑的墙体。泥水箔常见的有两种规格，一为长宽各3米，共14经，称作“丈方子”；另一为长宽各4米，共16道经。20世纪50年代，光淀村有常驻天津、北京、保定的销售点。

有一种苫盖箔，用于建筑和砖厂苫坯。这种箔根据不同需要，规格也很多，但常见的有两种，一是8经的堂帘，主

要用于戳放在砖坯罗的侧面；再一种是回头小5经，主要是苫盖砖坯罗顶部，用以避雨。

三是出口箔。

淀区人民每年编织几十万张、上百万张，全部出口国外，远销十几个国家和地区。问了好几个苇农，他们都说不清出口箔外国人拿去干什么用。他们只知道打这种出口箔，在很长的时间段内是一项较好的收入，可以改善生活，因为村庄里家家户户都打，大人小孩都会打。

出口箔的制作工艺，第一步是用捋子把最好的苇子去皮；第二步，把去皮的苇子用刀具剁去根、尖，保留需要的长度；然后是洗刷，以湿布蘸沙逐根捋擦去皮的苇子，以除去苇秆上的污物及细微残碎的苇皮，使之洁净漂亮，这叫“干洗”；最后，把去皮苇子放入水中擦洗，冲刷，使之洁净，这叫“水洗”。洗干净后，就可以打制苇箔了，打制方法同苇箔中的堂帘。

苇箔有种亲切朴素的特性，不仔细观察的人，也许漠不关心。亲近苇箔的人，则会感到一种难以割舍的朴素情意。

·简朴合于高士之居

旧日里，一卷芦苇帘不仅为清贫之人所用，更是文人处所的必备之物。郑逸梅先生就曾赞芦苇帘，“简朴合于高士之居”。

这般墨香浸染的美好图景，在如今的家居生活中也常得到别样的重现。

中式家居设计偏爱使用芦苇帘。以芦为帘，妙处颇多。一方面，可作遮阴之用，却比竹帘多一分轻巧。薄薄的一层芦苇，在日头直射下仍然可以隔绝大部分的热量，过滤阳光后放进几丝微风，凉意顿生。

另一方面，可作隔断之用，却比屏风多一分通透。透过帘子，那隐隐可见的景致营造出极好的空间感，曲折幽深的味道无疑扩大了居住者的心理想象空间。

更难得的是，芦苇帘具有绝佳的光影感。以清爽的芦苇帘，在洁净的墙壁隔出一片单独的空间，使射进来的光线在这块空间随处形成朦胧的影窝儿，空气沉静如水，西方人所说的“东方的神秘”，大抵如此。光影中各方交错的线条，完美诠释了明暗共生的道理。“美，不存在于物体之中，而存在于物与物产生的阴翳的波纹和明暗之中。”

素净古雅的芦苇帘不拘往哪里一挂，那股原始自然的气息便悄悄渗透每一个角落。在繁忙的现代生活中，以往平凡无奇的芦苇帘也变得珍贵起来，成为向往自然生活的精神寄托。用苇帘装饰的屋子素净古雅，仿佛置身于大自然里，令人安然沉静。在屋内小睡，整个身心都陶醉在苇草温情的触摸之中。淡淡的苇香，让人闻着更觉安心，浅浅的光亮，让人睡觉更觉舒适，颇有“草堂春睡足，窗外日迟迟”的意味。

我曾在一家山间人家小住。馆内房屋依山取势，构造精巧，功能齐全，自成一统，房舍皆以木材铺地，朴拙温暖。窗前以芦苇帘作装饰。在寂静的夜晚，透过苇帘，望见明月，不觉心澄如镜。

房后的竹林，在月色下像游来游去的鱼群，婆娑多姿，还能听到竹叶摩擦的声音，实有物外之趣。

往昔的俳句诗人，喜欢用芦苇帘把草庐围起来，做成居室，再在草庐里吊起蚊帐，他们懂得如何在蚊帐内放了萤火虫赏玩，确实是深得生活妙趣的人了。这种风雅，不是物质和官能的享乐，而是一种纯粹对自然景趣的享受，向往和憧憬闲寂的意境。

在日本，帘子一类的装饰物是非常受欢迎的。白洋淀的芦苇帘大多出口日本，想来也是有原因的。

岛崎藤村在散文中曾写道：

“每天都下雨。梅雨放晴的季节已经到了。街上走过叫卖竹竿的声音，和这节令颇相宜。卖蚕豆的时节已经过去，卖青梅也迟了，那叫卖牵牛花的声音，令人觉得清凉……”

又说：

“竹帘旧的好。保存完好的古帘，具有新帘所没有的情味。两张帘子重叠着挂，看起来煞是有趣。穿过一道竹帘，透视映在另一道帘子上的物像，那感兴尤为深厚。”

在和式格子窗里挂帘子，是地道的京都风俗。还有的人家爱在大门口旁边搭个凉棚，挂上浅褐色的芦苇帘，围坐在一起纳凉取乐。

日本人习惯把芦苇帘立在屋前，以为遮阳之用，所以俗称“立帘”。随意走进一座日式房子的内部就能发现，正是有了这许多的帘子，既能捕捉远处的光线，又不至于使光线太刺眼，巧妙的遮蔽和调和后，所有的室内美景才更有韵味。

日式的装修风格中，芦苇帘扮演着重要的角色。榻榻米地台上的竹地毯、草编蒲团、以竹竿和芦苇帘为主题的背景墙，配上柔和灯光和白色纱幔，静谧的氛围在这朦胧微光里氤氲到极致。

睡在芦苇帘之中，四周一片寂静，啾啾虫鸣听起来特别清脆悦耳，这是自然奏出的和声。透过帘子缝隙的光，像筛子似的散落在地上，明暗交错。

此情此景，怎能不让人生出悲凉惆怅之感。这便是日本文化中的物哀。“物哀”是一种移情——听着风声、虫声，更令人愁肠百转。

人无论对何事、遇到应该感动的事情而感动，并能理解感动之心，就是“知物哀”。而遇到应该感动的事情，却麻木不仁、心无所动，那就是不知物哀，是无心无肺之人。

这种“知物哀”，和日本人信仰神道有关。神道，即多神之道，亦神无所不在，动物、植物，甚至无生命的石头、流水或山峦等都是受到神灵的操纵与暗示，于是衍生出万物有灵的观念和顺应自然、配合自然的人生哲学。比如说，“枯山水”庭园，从一种空无，或者无生命的大小石头组成的空间概念，演绎成枯山水的空寂形式，提供了无限的想象空间。

思想家冈田武彦认为，“简素”和“崇物”是日本文化里带有根本性的哲学范畴。“简素”是简单平淡的价值追求和内外功夫，“简素精神”是崇尚思想内容的单纯化表达。与之相辅相成的“崇物”，是“日本思想文化的根本理念”。

“崇物”二字，即中国人所说的“惜物”吧——“物即命，命即物，人虽为物之灵长，然一旦无物，生即不复存在。有了对物的崇敬之念，便产生对于生命的崇敬之念。”正是因为怀有对于物之生命的崇敬，才会对物产生感激之情，从而转化为共生共死、万物一体之仁的理念。这种“崇物”理念，不仅使人成为物的一部分，也赋予了物的主体性和伦理性。

当我面对一帘芦苇之时，内心不由生起这许多闲寂的意境来。

·茶室中芦苇的清雅审美

众所周知，芦苇的用途涉及日常起居的方方面面。由于其松软、细长的特质，用来编织成坐垫，是再合适不过了。所谓“坐垫”，追根溯源，大抵是指“席”这一概念。“席”的原意是“用芦苇、竹篾、蒲草等编成的坐卧垫具”，如竹席、草席、苇席、篾席等即为此类。

从字形上看，席从“巾”，那是因为天子诸侯的席都有刺绣的镶边。席又从“庶”，那是因为席是用来接待广大宾客的。所以，一个“席”字，它的功能性和审美性，已俱在其中了。

在昔日的白洋淀，芦苇编织的工作依然占有相当大的比重，是农民收入的重要来源。农村里的芦苇编织，其产品多为“卧席”，江南人在夏日常以此为乘凉铺盖。而以芦苇为材料，编织成坐垫，则比较常见于茶室中。

日本的茶室，又称为“本席”“茶席”，为举行茶道的场所。

标准的茶室，面积为四张半“榻榻米”，约9～10平方米，小巧雅致，结构紧凑，便于宾主倾心交谈。大于这一面积的叫“广间”，小于这一面积的叫“小间”，最小的仅有两席。

茶室是沏茶、饮茶的场所，包括沏茶者的操作场所，茶道生活的必需空间，奉茶处所，宾客的坐席、修饰与雅化环境氛围的设计与布置等，是茶道中文人雅艺的重要内容之一。

不同的茶室有不同的规模，这便要求茶人精心布局，在各种用具的陈列方面，不可不下一番功夫。若茶室面积稍小，则势必难以铺开较大面积的席子。在这一情况下，“芦苇席”便可发挥其优势。在各大茶室中，往往可以看到一张张圆形的坐垫，边部编织紧密，圆心处较松软，便于盘坐。此即以芦苇编织而成。这样的造型，一方面节省了空间，布置起来比卷席方便得多；另一方面，“圆形芦苇席”比“铺盖式卷席”更能给茶客带来尊重感——那是因为卷席是一个平面，茶客饮茶时，在视觉层面并无固定的座位。而“圆形芦苇席”以实体的座位呈现，真正做到“一客一席”，从茶客的角度来看，也能感受到东道主对自己的尊重。

日本茶道中有一句话，“一期一会”，意思是现在能够与这个人交流的瞬间，不会再重来。所以，要更加珍惜眼前的这个时间、这个人和这个地方。眼前的这一瞬间，包含了过去和未来……这就是“微”的精髓。“细节包含了一切”的理念，与时间和人的关联，深深植根于建筑、庭院设计及每一个人，乃至扩展至整个世界，构成日本文化的深层基因。

在日本茶席中，“芦苇席”的运用，体现了茶道的精髓。其中“一期一会”的观念，如蜻蜓点水般微妙无穷。“一期一会”注重主客同坐，简朴的“芦苇席”成功地将主客的角色重要性浓缩到一个微妙的境界。就像茶叶从不发声，但它沉默地将整个仪式感融合到小小的叶片中，希望以一盏茶汤，让喝到的人忍不住发出惊叹，也让置身其间的人发出悠远的禅思。

尽管日本的茶室不大，但茶室所使用的材料和工艺都要求极度精致，每一个细节都周密考虑，每一个配置都匠心独运。在茶室的装饰上主要包含“空寂”与“不对称”这两种对禅宗精神的演绎。

日本第一个独立茶室创始人千宗易（又名千利休），追求的就是无上的孤寂，他主张茶室的修建要“放眼皆寥寂，无花亦无枫，秋深海岸边，孤庐立暮光”。在装饰方面，力求简洁，以及不对称的美学原理，旨在用物质的极度精简来反衬内心精神的富饶强大。

“里面是一间恬静明亮的四迭半茶席。两扇纸拉窗纳入柔和的光线。晨光太洁净，仿佛光是待在那里，连内心都能获得洗涤。垂下目光，茶釜放在火炉上。盖子半掩，但是没有发出水声。釜身浑圆饱满，让人忍不住想用手抚摸……茶釜里的水滚了。沸腾的声音替柔软的心灵注入崭新的生命和活力。”这是日本茶道始祖千利休布置的茶室给人的感觉。

步入这样一个不受外界干扰的寂静空间，内心的一切浮躁都会慢慢沉淀。

川端康成认为：茶道包含着丰富的心，简朴的茶室包含了无边的优美与广大，于是一朵花较百朵花更有令人遐想的华丽。“芦苇席”仅居茶室之一隅，在某种程度上可谓不起眼，但正是这份简单，在无形之中给人愉悦感，其功劳是不可磨灭的。

一间悦人性情的茶室，首先要符合自然之道。茶室讲究素淡萧索，追求自然天成、清雅天趣。芦苇产于水泽，融入茶席中去，真可谓归于自然。

在白洋淀的水边人家，我们常听人说起出口箔的去处。他们说最好的苇打出最精致的箔，很多都出口到日本去。他们不知道的是，这些来自自然，在水边摇曳生姿的芦苇，经过巧手的编织，进入日本的茶室，构成了东方文化的一部分。

如果有机会去日本，在茶室中品饮和感受茶道，有心者可以多留意一下廊前或窗下的垂帘，说不定就有来自白洋淀的自然草木呢。

· 日常相伴的生活趣味

艺术源于生活，又用于生活。当芦苇遇见现代艺术，一点巧思便可生发出无限的妙用。看似古朴平凡的物件，实则藏着盎然的生活情趣，只待有心人去体悟。

比如，人们织好的苇席，与人日夜相伴、共赴日常生活，不刻意追求奇特和雅趣，却付诸了自然情感。所以自然有亲近之美，也带给我们一种“温润”或“趣味”的美感。

时间的投入，使得每一张编好的苇箔都蕴含一种可被感知的价值。

越是快节奏的时代，时间所赋予一件物品的价值越是奢侈。人们越是对有时间沉淀的、充满巧思创意的独特之物心生渴望。克里斯蒂安·布朗卡特在他的《奢侈》里认为：今天的人渴望的物品，应当有一种“能与速度无限的残酷感”形成鲜明对照的特质。

投入时间的过程，自然并非高效的，却带有强烈的个人情感与温度，甚至是带有某种仪式感。仪式感的神奇之处在于，它并不一定是人生的重大时刻，而是对生命每个时刻的珍视。就像《小王子》所说，仪式感就是使某一天与其他日子不同，使某一时刻与其他时刻不同。

在现代消费社会里，日新月异的全球性商品不断为我们构建一种生活习惯和依赖性。几乎所有的货物都是在与其使用者的生活相隔离的状态下被生产出来的。也就是说，工业革命带来了机械化大生产的空前发展，随之而来的是产品的趋同化和无个性，人的情感和文化属性被丢弃。

与此同时，越来越多的人开始喜欢手工艺制品。手和机器的差异在于，手总是与心相连的，而机器则是无心的，之所以复兴手工艺，是因为这不是单纯的手工劳动，其背后有心的控制，给予劳动以快乐，同时包含着美丽的创造力。

2012年开始担任日本民艺馆馆长的深泽直人认为，激情、朴素而温暖的手艺活，是生活在这个过度机械化的环境中的人们共有的一种渴望。对于慢慢枯竭的心灵而言，“手工艺的复兴”是一种“如甘泉般的存在”。

精湛的手艺无法在短时间内模仿，它是世界观、时间、经验的产物。每一件苇编制品，述说的是每一个编织人的理想、抱负、手艺。编苇的人通过对材料的揣摩、测量、打磨……使先行隐匿在物件中的诗意得到召唤。

一个精美的苇编制品的完成，不是为了追求艺术价值，而是追求一种和人的情感记忆、文化、习惯联动起来的功能，由此使物和五感相通，找到对生活恰如其分的表达。

当我们使用一件苇编制品时，甚至可以想象那一丛芦苇曾经生长过的地方，那里的日夜、风雨、阳光，也可以感受那里的风俗与人情；我们可以体会到，编织者在构建这件作品时的动作与心情，她们的手势，以及如同音乐一样的劳动节奏。可以说，一个苇编制品，也蕴含着一个地方的风土与一群人的内心情感。

艺术家罗丹曾经对画家萝斯蒂兹说:“一个规定的线通贯着大宇宙，赋予了一切被创造物。如果他们在这线里面运行着，而自觉着自由自在，那是不会产生出任何丑陋的东西来的。”

所以，当这样的制品被长时间使用，其所散发出来的温润的色泽，有着未经掩饰的自然风貌。经过时光的映照，更加散发出迷人的韵味。

传统的美和当代的美，不是谁包含谁，而是你中有我，我中有你。发现各自的“美”，是所有工作的基础，只有了解认识，才能传承创新。

· 鱼篓虾篓：自然与渔猎之道

苏东坡说，清风明月，取之不尽，用之不竭，耳得之而为声，目遇之而成色。这种天地的无尽之藏，是物对人最好的馈赠。在与苇箔的相处中，你可以体会到与自然的亲近与融合。回到自然，回到生活本身，所能发现的美和乐趣，正是我们这个时代所缺少的。

·白洋淀人民的自然之道

匹马杨林野渡头，芦花深处唤拿舟。
渔郎不识行吟者，欸乃一声起白鸥。

老陈是安新县圈头镇北街村人，我们到达圈头镇时，他正从远山渔猎游渡回来，甲板之上陈列着各色渔具，在阳光将倾未倾的船面上，闪着水的波光。

“我从小便是一条游泥的水泥鳅。”他轻快地笑说，“这泥鳅身板就是我当年光着膀子捕鱼晒的。”

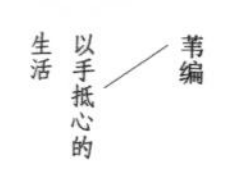

问其船上的苇编渔具，他如数家珍，为我们一一介绍。

“我们这里苇编的鱼篓品类繁多，有捕鱼用的，篮、小吊篮、螃蟹篮、王八篮，捕虾用的，大高篓、小憋篓等。”

他从船上拿出当地特有的蹾葫篮给我们看。蹾葫篮，形状如瓢葫芦，用质地坚韧的大苇做成。这种篮最大直径70厘米，高60厘米，周围等距设4个内旋进口，各有倒须做卡，上面顶盖用经绳、竹片关紧。蹾葫篮适用于深水塘湾僻静处。放入水中时，需清除苲草，鱼虾天性好奇，都会先戏后进。

各种各样的篮，形状就像一个大花瓶，只不过这个“花瓶”是用苇眉子编成的，玲珑剔透，均匀的六角孔洞布满全身。

篮上的开口，也是用苇眉子编成。这是给鱼设置的一个只进得出不得的关隘、一扇门，叫作“须”，这是篮能够捉住鱼的关键结构。

我们在村民田学锋家中，见识了虾篓的“须”——那是一只形状类似于小酒盏的东西，“酒盏”的底部是长出的苇眉子交错在一起。鱼儿虾儿，从大口往里钻，很顺利就通过了；但若是从小口往外钻，几乎不可能——长长的篾片子或苇眉子会“刺”得它畏难而退。用工程设计的“科学”说法，“须”就是一个“防倒流装置”。就像现在车站的入口，只能朝一个方向转动。

“须”是一扇窄门，是一张单程车票。一个人捕鱼技术是否高明，最重要的一点是看他“须”做得好不好。虾篓、蟹篓、戳篓、别篓、独立篓、虾盘、吊篮、漫篮、葫芦头篮、地笼，能捕到多少鱼，都跟这道须门紧密相关。

田学锋把家里形状各异、大小不同的鱼篓虾篓搬出来，供我们研究、拍照。那些小小的“须”，构思之巧妙真是令人惊叹。此“须”毛刺朝里，虾蟹能进不能出，摸透并利用鱼蟹贪玩好奇的特点，再加上独具匠心的设计与编织，可谓集奇、巧、趣为一体。

我们在《渔猎》那本书里，还写到白洋淀的一种捕鱼工具，“箔旋”。

在白洋淀坐船游玩，时常会在浅水地带或是沟壕港汊的入口处，看到很多苇箔围成的小圈子，弯弯曲曲，外行人看半天也看不出个所以然。其实这就是捕鱼的“迷魂阵”，也叫“箔旋”。

白洋淀里不缺芦苇，芦苇打成箔子，用途非常广泛。苇箔插到水里，摆成迷宫模样，开口很大，逐渐缩小，最后进入一个兜子。里面不用放置食物，鱼儿进入迷宫后，一直游进兜子里，想再出来，也找不到出路了。

对鱼来说，这箔旋就是一个迷宫 。

一旦鱼进入箔旋这个迷魂阵中，虽然那口子还敞开着，

但是要想找到出去的路，那可就不容易了。连野鸭追逐着鱼群，在迷魂阵里游逛，也会不知不觉挤入箔旋再也飞不出去，人们在捞鱼时居然可以活捉到野鸭。因为野鸭起飞，需要助飞距离，箔旋空间太小，野鸭虽有翅膀也无可奈何。

箔旋也好，鱼篓虾篓也好，都是白洋淀人民的聪明与智慧，可谓玄之又玄，妙而又妙了。这些渔猎工具的巧思与编织技艺，体现了白洋淀人民看待自然与生命的观念。

·劳作中的悠然自得

在寨南村，50多岁的李大妈还在坚守着编篓这门手艺。

这两年常有人寻来李大妈的家中，看她怎么制作苇编。她也乐于向来访者展示这门手艺。一堆压平的苇条放在炕桌上，她双手灵活地挥动，30多分钟后，一件精美的苇篓就织好了。在她家中，四周的墙上挂着虾篓，桌上摆着鱼篮，一件件精美的苇编制品活灵活现，宛若走进了苇编艺术的宫殿。这些精巧的苇编，无一不是李大妈呕心沥血的创作结晶。

和许多人一样，李大妈是土生土长的当地人，从小生活在白洋淀边。她喜欢用苇眉子编织出各种物件，她手中诞生的东西，总比别人的多出一分灵气和秀气，且讲究边边角角的细节，收口紧密，花样繁多，渐渐地闻名四里八乡，有需要者也会寻上门来。

苇编工艺制作是件烦琐的工艺，先要从苇捆中抽出韧性较强的壮苇，然后去皮、刨瓤、浸泡、压平，每个步骤都要一丝不苟。

事实上，沉浸在这种创造性的劳作中时，人的内心是无比沉静的。这也令劳作者得到内心的满足。

在中国的乡村劳动者中，许多人懂得在劳作的时候悠然自得。知足、安分、克己。一日不作，一日不食。

由于苇编的工艺费时费力，近些年白洋淀从事苇编加工的人越来越少。偌大一个寨南村，只有李家仍在坚守着这一传统工艺的制作。

我们在大田庄村采访时，也只有71岁的田玉桂闲暇时编了几个鱼篓，并且不再出售，只供展示之用。其他村庄的状况大抵如此。传统手工编织费时费力且效益低下，大多数人转向了其他的营生。只有少数真正的爱好者，并不以效益为目的，尚能守着这门手艺，或是为了传承手艺，把苇编延续下来。

社会学家费孝通在中国农村调查，他发现：在农村省下来的劳动力，并没有在别的生产事业中加以利用，可以说大部分是浪费在烟榻上、赌桌边、街头巷尾的闲谈中……“若说他们不会打算，或是不作经济打算，在我们看来，也不尽

然。可是他们打算时所采取的方法，也许和一辈受过西洋现代经济影响的人不同罢了。”

费孝通认为，这种“消遣”是“匮乏经济”的结果。但诗人于坚却不这样看。他认为费孝通忽略了更重要的一个方面。在中国文化中，生活本身被理解为诗意的、艺术化的。劳作的目的，一方面是为了生存，另一方面是为了消遣、好玩，获得生命的意义。

劳作本身，也是消遣，也要能享受到生命的悠然自得。或许，这从白洋淀水边人家的鱼篓虾篓、蜿蜒鱼箔中颇能感受一二。

· 芦花靴与芦苇简：过去的生活

“我来得早，淀里的凌还没有完全融化。苇子的根还埋在冰冷的泥里，看不见大苇形成的海。我走在淀边上，想象假如是五月，那会是苇的世界。”

这是孙犁《采蒲台的苇》中的文字。采蒲台位于白洋淀的东南方，北接安新县，南邻任丘市。采蒲台这个村庄，总面积0.6平方公里，全村3000余人。采蒲台于明朝永乐年间建村，距今已有600多年历史。此地水域辽阔，烟波浩淼，水势连天，盛产芦苇。

孙犁还说，最好的苇，出在采蒲台。

· 足上的冬天

在采蒲台，我们看到了一种用芦苇编织的木底草鞋，当地人叫它芦花靴。它有较高的屐齿可以防水、踏泥，厚厚的木底隔潮、防湿，毛茸茸的芦苇缨子隔寒保暖，从而解决了严冬脚寒的难题。在物资匮乏的年代，温暖而物美价廉的

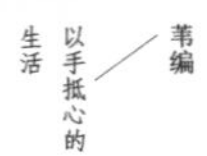

“毛窝子”，是白洋淀人最好的出行选择。

说起做草鞋，是很考究的——把4至5寸的原木锯成不同规格鞋的长度，从中劈成两半，再把圆弧形的一半经过锯、凿、削等工序，加工出中间凹两头高的屐齿，然后刨平另一面，木底的制作就完成了。接着，用自己制作的手钻，在木底的一周均匀地钻出穿麻系子（编织芦苇缨子的经线）的孔，把准备好的芦苇缨子，成撮地一圈一圈地编成鞋帮子……

从一位庄姓老人的手中，我们目睹了一双芦花靴的编织过程。老人还告诉我们，除了做草鞋，芦苇还可以编织出扫帚、扇子等常用老式家什。

拿起散落在地上，用芦苇编织成的鞋子，一股草木的清香迎面扑来，瞬间让人感觉仿佛置身于芦苇荡中。

人的双手与材质最先接触的点，是编织的开始。一根根芦苇交错穿插，在布满老茧的手里，联结、重复和组合。寻常材质构建的“经”“纬”，在空间中交错出一种结构形态。原本自然界的材质，通过这样的手工的重复交错、叠放，仿佛有了生命和呼吸。

这些看似简单受恩于大自然的活动，其实过程复杂，只是生长在这块土地上的人们已经熟悉到血液里。芦苇编织的鞋子，工艺简练，给人们以自然淳朴的美感，富有天然野趣。

不仅在白洋淀，在全国许多地方，都有以芦花织成鞋子的工艺流传。山东的菏泽市成武县，也有这样一个“草鞋村”，那里祖祖辈辈的村民都以编草鞋为生。每年11月份开始，一个家庭里，男人编织，女人搓绳子备材料，一家人都进入编草鞋的时间。在编织时，还要把芦苇花用温水泡过，再用工具碾轧软化，最快的时候半小时可编织一双。村民说，从确定鞋底到准备材料到成品，需要十几道工序，十分烦琐。

在物资匮乏的年代，这种木头底子的芦花草鞋，真是算得环保又保暖的过冬御寒神器。踏泥土、踩积雪都不碍事。20世纪80年代，不仅农村人都会买一双过年，城里人也都会到村里来买一双备用。只是如今社会持续发展，物资极大丰富，各种各样便宜又舒适耐用的工业制品鞋随处可以买到，芦花靴这种手工制品，也就慢慢退出了历史舞台 。

· 苇上的字迹

在“纸”尚未从昂贵的“丝缣”改良为低成本的“丝质纤维纸”的很长一段时间里，简、牍都是华夏民族记录和传播文化的基本载体。事实上，在纸经过改良后，简牍的使用仍然盛行。我们通常将简和牍区别对待，二者的材质也判然分明。

关于简和牍的基本常识，目前已十分明了，毋庸赘述。

激发我们的兴趣的，是用另一种材质——芦苇制作的“简”。“芦苇简”的存在，是已经被证实了的。

考《敦煌汉简·附录》：“有一枚以芦苇制作的简，将芦苇秆从中剖开，在苇秆表面墨书，现存‘文鉴’二字，残长5厘米，宽1.2厘米，厚0.3厘米。此为有史以来出土芦苇简之仅见者。”这段话是以甘肃省文物考古研究所在马圈湾发掘汉代简牍为背景的。这段话也是唯一较详细地记录“芦苇简”的资料。相关文献资料的缺乏，不禁使我们体会到孔夫子“文献不足故也”的遗憾。

不过，只言片语，并不妨碍我们对“芦苇简”的无限遐想。

在两千多年前，敦煌北湖、西湖一带，生长着大片红柳、芦苇、罗布麻、胡杨树等植物，是修筑长城的基本材料。因而，当时砍柳、伐苇和蒲草已经成为屯戍士卒的主要任务之一，在当时戍卒每日劳作记录的“日作簿”汉简中也有大量记载。

柳、芦苇、罗布麻、胡杨树等植物既是修筑长城的基本材料，也是用来加工简牍的基本材料，所以用芦苇加工成简乃是就地取材之举。

从出土实物可证，古代确有用芦苇作简者，但数量不会太多，因为它的质料松软，难以保存；即便用作抄写载体，也不会在上面书写重要的文字。

“芦苇作简”，虽然可能只是古人的无心之举，但是在浩浩的历史长河中，其遗迹尚存，如繁星一点，微妙无穷，不亦开吾辈之眼界乎?

· 苇之花器：盛一把怒放的鲜花

坐落在满城柿子沟的乡村民艺图书馆，以其公益开放、民艺主题的特点，越来越引起人们的关注。

图书馆为三层土色建筑，古朴端庄，秀外慧中。馆内陈设着秤杆、秤砣、木工工具、石器、箸笼等早年的生活用品，如今它们在这里已变成了工艺品，稍加布置，便有化腐朽为神奇的魅力。

在这所有民艺物品展示中，给我印象最深的，还是那几个静静伫立于墙角和老门前、插着几束芦苇的鱼篓——它们当年捕鱼、捕虾的功能早已褪去，从水里走上岸，如今默默站立一隅，与每一位到访者做着心灵的交互。

这些苇编的鱼篓，经历了三四十年以上的风雨，时至今日依然保持完好，没有被虫蚀或腐朽。当初使用鱼篓捕鱼的时候，鱼篓是被横放在水中的。大口为进口，小口为出口。今日，它们作为装饰品被立起来摆放——小口冲上，大口冲下。

从实用器，到艺术器，只经历了简单的艺术改造——曾

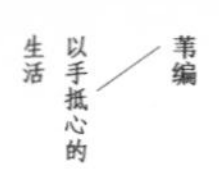

经的“鱼篓”转身成为现代艺术品的“花器”，走进当下的生活。或立于客厅，或居于卧室，在精致与粗糙的搭配间，展现一种充满岁月感和现代的美——关于美的心灵感受，有赖于每一位观者的个人解读。

一眼看去空无的东西，其内涵却是相当丰富的。看似空无，其拥有未知的可能性却非常丰富。

这让我想起日本的花道。当代花道第一人川濑敏郎，喜欢根据时令节气，在山野中觅叶采花，做成插花作品。他所用的花器都是古拙质朴的。其中既有20世纪的玻璃细瓶，也有室町时代的金铜亚字形华瓶，还有希腊陶器。

最深得他心的，是千年前从中国传入日本的“唐物篓”花器。“唐物”最初仅指从唐朝输入的物品，但后来在宋、元、明时期输入日本的中国用品，也都被叫作“唐物”。

川濑用千年前的“唐物篓”插花，他的花多使用单枝，寥寥几叶以陪衬。这种余白之美，造就了从空无中感受最丰富且无限的想象空间。即使不完美，也被认为是一种历史的痕迹，或是千载难逢的契机。

芦苇篓，口小肚深，若选取某种花卉、茎叶或果枝的观赏部分，在此鱼篓中进行富含想象力的艺术组合，使之静立于适当的位置，不也是一片怡情的生活空间吗?

插上几枝芦苇，奇特古朴，宛若天成。芦苇顶上，还托着隐约可见的小小芦花絮。芦苇、鱼篓，这一对当初以水为家的伙伴，如今又以这样一种组合在这里相映成趣。静静对视中，一幅美景不禁涌现——蒹葭苍苍，白露为霜。所谓伊人，在水一方。溯洄从之，道阻且长。溯游从之，宛在水中央……

张潮《幽梦影》云："天下有一人知己，可以不恨。不独人也，物亦有之。"

在民艺图书馆，一朵风干后的莲蓬，插在鱼篓里，枯成绛紫色，45度状，低垂着脑袋。在淡淡的外观下透着古朴雅致的风情，就有了孤花配拙器的美感，寂寥的美感盈满房间。

日本美学所追求的是黯然之美，此即非直接表现出的文化特性。诧寂的美学意识就是黯然、枯寂，也就是无法圆满具足，退而以粗糙、哀美之姿传达其意识。

也因此，"寂"虽然是一种孤独的状态，反而更能与周遭的人或物产生对话或联结。如《源氏物语》中光源氏所说，"佳人孑然无依，更加惹人怜爱"。

经过改造后的旧鱼篓，已不再是单纯的生活用具，更多的是一种符号和文化载体，又兼具艺术形象，它们已经越来越成为我们生活当中的一部分。

· 芦苇画：芦草为笔墨，意趣尽天成

车子在白洋淀长长的堤坝上前行，一排排白桦树整齐排列，远处芦苇摇曳在水边。眼前的景致提醒我们，这里就是白洋淀。

在一个路口，我们看见一块广告牌，上面写着“芦苇画”几个字，还有电话号码。于是我们按图索骥来到了这家位于端村镇东堤村、叫作“鼎新”的工艺美术厂。这是一家始建于20世纪90年代初的厂子，厂长冯端午是一位民间芦苇画艺人，他能自己设计图案，多年来一直潜心于芦苇画艺术的研究与创新。其以白洋淀的芦苇为原料制作的芦苇画，图案新颖，做工精细，久负盛名。老厂长如今已70多岁，女儿冯小娟爱上了这门手艺，并接过了经营的重担。

冯小娟痴迷芦苇画到什么程度？为了画猫，她花了一个月的时间苦练，直到剪出自己满意的芦苇丝儿，一片1.2厘米宽的苇叶分成了数百根。家里办了鼎新工艺美术厂后，冯小娟帮父亲打理，还带起了徒弟。芦苇画的制作包括制图、分解图案、烫色、粘贴、装裱等多个工序，村里的女子愿意学

的，冯小娟手把手地教。后来因县里开了几家芦苇画的厂，有段时间效益不怎么好，但她依然坚持到今天。

在工厂的展示厅，我们见到了令人赞叹的芦苇艺术品。这些芦苇画以芦苇为原料，利用其天然的肌理、色泽、光亮，制作出花、鸟、鱼、虫、山水风光、人物仕女等多种题材的作品。墙上挂满了画作，每一幅都栩栩如生、惟妙惟肖。

一幅《垂钓图》，小渔舟在湖畔停息不动，湖光点点，芦苇摇曳，头戴斗笠的老翁坐等鱼儿上钩，神情毕现。

一幅《报春图》，一对鸟儿栖在枝头，身上的羽毛光洁清晰，细细观之，羽毛纤细如丝，层次和密度与真鸟毫无差异。此外还有美人、荷花、大雁……谁能想到那些粗放的芦苇，做成人物，形神兼具；做成山水，如临其境；做成花鸟，如闻其声。

这些画裱在精致的画框中，在色调平和的画布上排成一列展出。色调和裁量比例都十分均衡，一种微妙的趣味贯穿始终。

几十张芦苇画摆在一起，产生了一种整体感。置身于其中的人就好像走在自然之中。

冯小娟告诉我们，虽然淀里芦苇很多，但不是所有的芦苇都能用来作画，只有第一年和第二年生的粘苇芽子和白毛子才合用。

平时，村里上了岁数的妇女去淀边采芦苇，冯小娟按斤收购，经过筛选、剪段、温水浸泡、刮掉苇泡、裁剪取直、熨烫上色等多项工艺，最终才能拼粘出一幅成品画。

这些芦苇画中，最难做的部分，就是人物的表情和动物的毛发，要在苇片上细细裁剪，十分费工，一幅逼真的《猛虎下山图》就花了她整整一个月时间。

“雄安新区成立后，白洋淀芦苇画也跟着出了名。我们的芦苇画现在远销美国、澳大利亚、日本等十余个国家。”

订单多的时候，自己厂里的师傅都不够用，还要从附近村中请来几十位“短工匠”帮着打下手。“短工匠”们不仅可以免费跟芦苇画创作大师学手艺，每月还能拿到近6000元的工资。

画室的人员告诉我们，芦苇画是从唐宋时期白洋淀苇编之一“苇席”衍生而来。明代取名“苇编画”，是将芦苇剐开，碾轧成条，再将其编织成各种图案，整体为单色。清朝的苇编画受瓷器和西洋文化的影响，开始了大胆的创新。从色彩和立体效果上进行了改进，从而更名为苇编工艺画。

现在的芦苇画，主要以芦苇的叶、秆、花穗为材料，利用芦苇的天然色泽和纹理，通过手工剪、烫、粘等十几道工序制作而成。芦苇画题材广泛，“包括一切，宇宙之大，苍蝇之微，皆可取材”。其色泽朴素淡雅、古色古香。

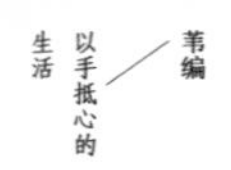

创作一幅芦苇画，既需要创作者具备理解自然、感悟生活的能力，又需要他具备发现和捕捉生活中的形象，并将这些形象按照审美诗性的要求娴熟结合在一起的技巧。

首先，选料便要谨慎。淀里的芦苇有十多个品种，做芦苇画主要用粘苇芽子。只有第一年和第二年生的粘苇芽子和白毛子才能用。芦苇粗细不限，而越粗越好。芦苇高度在一米至两米。外观要直立洁白，质地要柔韧纤细。随后对芦苇进行修剪、烫平、打磨、抛光等初步工序，这些经过了精细处理的苇片，不仅洁白挺实，而且韧性十足，散发着天然的清香。

其次，按照预先设计好的图样修剪芦苇片，这是制作芦苇画的主要手法。图案都是经过分解的。比如画好了一只小鸟，就要把它的头、身体、翅膀、腿，甚至眼睛、鼻子、嘴，都分解成一个个的零部件，做上编号。根据不同的零部件图案选用不同的修剪手法，如割丝、剪穗等，再用浆糊将其一一粘连整合成完整的图案，整个过程极其耗费耐心。

最后，烫色。这也是至关重要的一步，直接关系到芦苇画制作的成功与否，稍不留心就可能前功尽弃。因为芦苇画的颜色都是用烙铁烙出来的，色泽轻重，全靠烙铁的温度和烙在芦苇表面上的力度、时间长短来调节。若要深色，则需烙得慢些，若要浅色，则需烙得快些。

烙画有勾、点、皴、染四种手法。勾，即用烙铁轻轻勾划画面；点，即用烙铁尖部触点；皴，即曲动烙铁，烙出物体的纹理和阴阳向背；染，即用烙铁扁头轻抹，制出云雾、远山等效果。

优秀的芦苇画艺人，烙铁运用自如，可使色调产生五个层次：碳、焦、深、褐、淡。整个画面80%为芦苇自然色差，20%左右利用熨烫碳化而成。随着烙铁在苇片上划过一道道或深或浅的痕迹，一幅精美的图画便成型了。

芦苇画的创作是中国传统工艺与现代装饰艺术相结合的结晶，色泽淡雅，具有浓厚的水乡特色。当我们静静立在一幅芦苇画作品前，细细观察画的细节，会被作品的细致入微所深深折服。它在一定的光线之下，散发着柔和淡雅的光泽，令人心旷神怡。而当你换一个角度观看，又会有浮雕的感觉，画中草木栩栩如生。因而可以说，手工艺芦苇画是将自身特点与中国书画艺术巧妙有机结合的产物。

它既是空间艺术，又在空间中展现了时间的节奏，时空合一，以空间之形式表现时间之妙韵，尽时间流连之趣。

它以生命之光关照人与自然，与内在生命相契合，遥山远水，将自我性灵摄入到其律动中，实现了作品与自然的合一。

中国非物质文化遗产苇编技艺传承人、河北省民间工艺

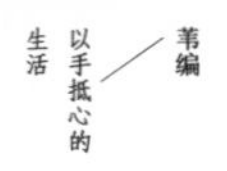

美术大师杨丙军，在芦苇画界享有盛名，其代表作很多，多次获各种奖项。作品曾先后出口到亚洲、欧美等多个地区和国家。他也经常进入校园，与孩子们交流芦苇画的艺术与美学，把这种工艺的美传递给更多的人。

据了解，目前安新县境内尚有苇编工艺画生产厂家15家，苇编工艺美术大师100多个，作品年销售量在50万幅以上，其中很多产品远销加拿大、澳大利亚、韩国、日本、香港等国家和地区，并在国内大中城市及国家重点旅游区都设立了销售网点，在国内外叫响了白洋淀苇编工艺画品牌。

随着时代发展，白洋淀芦苇工艺画还与多种工艺品不断融合、嫁接，如与中国传统瓷器、宫灯结合，创造出芦苇画瓷瓶、芦苇画宫灯、芦苇画瓷板等极具中国特色、地域特色的艺术产品。

“一淀水一淀银，一寸芦苇一寸金。”白洋淀的歌谣在今天依旧传唱不息，芦苇画也让愈来愈多的人们感受到白洋淀的另一种艺术魅力。

· 芦苇之椅：在无可想象的地方坐下

“一把椅子不在于它的外表多漂亮，而在于人坐上去，人和空间有对话。”

来自安达卢西亚（西班牙南部一自治区）的艺术家戴米安·洛佩兹（Damian López）和格拉纳达·巴瑞罗（Granada Barrero）以芦苇为原材料编织而成的芦苇椅，一举拔下西班牙2014年度创意设计大奖的头筹。

用自然的材料设计而成的工艺品，总是让人眼前一亮。

富有设计感的芦苇椅线条简洁，体型轻盈。精致的细部处理和高雅质朴的造型，传递着一种亲和之感。仿生的造型和天然的材料，为其注入了自然而质朴的血液。

芦苇椅，最早是由乡野老人家亲手编织而成，出于对家乡传统手艺的热爱，这两位西班牙艺术家决定用自己的双手来保存和维护这一流传百年的手艺。

他们先大面积收集优质芦苇，再从各地运来木材，邀请当地一些经验丰富的老工匠来进行指导，像学徒一样学习芦苇编织技巧，最终完成一个个芦苇椅的创作。

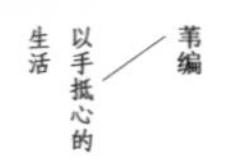

“动用身体的五感，去和大自然的的一切产生亲密的关系，你将获得灵感与力量。”获奖后戴米安说。

我们曾被告知，人类是唯一具有理想的物种，但其实所有物种都有自己的感知和智慧。就像山间的一块石头，它们被水、风和霜的力量雕刻成错综复杂、充满活力的形状……它们的价值在于它们表达了它们产生过程的历史和力量。石头表面的每一个细节，每一个沟、槽、气泡、孔，都是亿万年的见证，每块石头都是极小的握在手里的宇宙。

如果你长时间近距离地凝视一块石头，大自然内部雕刻的螺旋环、大洞穴、群山和峡谷，会变得越来越大，以至于你可以步行穿过它。

原始的自然景观值得被欣赏。只有用孩子的视角感知身体与自然的律动，才能理解身体、自然和设计的关系。

在芦苇椅的制作过程中，需要的是足够的耐心和细心。无论是编织、划线还是打孔，每一个步骤都是手和芦苇交流的过程。编织的每一个过程都是和作品之间的磨合与互动。精神并不是物质极大丰富以后才有的，我们都有一种体会，物质的丰富是一点点累积起来的快乐，而精神带来的快乐是乘法，能瞬间构建出一个魔幻世界。

比起一个艺术家的身份，他们更希望是以一个对生命的思考者的身份来进入大众的视线，强调人与自然的关系。芦苇和人都是自由的生命。制作一把椅子，材料、数量都不是关键。

“我想倡导个人意识里的独特性，生命是自由发展的，我想把作品变成我一生中意识流变的投射。只是遵循的自然规律都是一致的，所以流派之别是表象，背后的精神应是不变的。”

设计是无生命的，又是有生命的。“生命”即蕴含于人类对物的设计和使用过程中。设计的层次越高，其精神性的因素就越多、越圆满，物质性和精神性、理性化和人性化的结合就越完美、越融洽。一件好的设计作品，应该能够贴合使用者的生理和心理需求，能够引起使用者的情感共鸣。

为彰显作品的活力，芦苇椅的制作过程中，在保留原有历史背景的基础上，融入了现代元素，既不故步自封，拘泥于形，又满足大众需求，符合当代审美。同时，芦苇椅带入了“以人为本”的设计理念。现代设计越来越关注人的极其细微的要求，极大可能地满足人们的心理需要。因此，构建它的自我是非常柔软和舒适的。

情感的厚度与时间的长度成正比。芦苇椅的另一魅力，在于它用了足够的时间去编织，不同的手法力度，带给每张椅子微妙的差异。在漫长的设计和制作过程中，设计者倾注的时间和心血，赋予了它们生命。

除去简约、朴素的理念深入人心，芦苇椅返璞归真的编

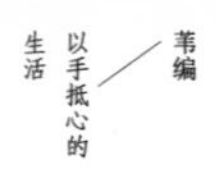

织和设计中，还蕴含了人们对童真时代纯粹的怀念。

人们说，芦苇是有灵魂的，看似柔弱，却坚韧无比，难以摧毁。他们相信一件优秀的设计作品也是如此。

当我们在白洋淀中出入穿梭，当我们眼前是一望无际的水天与芦苇时，我们常会被这自然之美所打动。如果有一天，这样的自然能被更多的艺术家所欣赏、膜拜，并以之作为创作的源泉；或将这朴素自然之物，以艺术的思维进行提升和创造，那么一定会爆发、延展出无限的想象空间。

就如同西班牙艺术家创造的芦苇之椅一样：你将在无可想象的地方坐下。

卷三

工 具 之 道

一刀一世界，一锯一乾坤。手艺、匠心、器物之道，就藏在老工具里。

中国古代很多工具，多为工匠自制，看似简单粗糙，却合理科学，极具“人情味”，它们与工匠精神契合，达到人与制器“物我合一”的精神世界。一个手艺高超的匠人，如同一个武林高手，如同“摘叶飞花”，工具的使用娴熟到自如地步，仿佛工具被赋予了一种魔力，在匠人手中随心所欲地达到某种境界。

在漫长的历史长河中，形形色色的工具与出神入化的手工艺，相辅相成，如同中华文明的颗颗明珠。然而随着岁月流逝，手工工具和它们承载的技艺，与我们的生活渐行渐远。

高尔基说，“一门手艺的消亡，就代表着一座小型博物馆的消失”。

在写作《造物之美》(广西师范大学出版社2017年1月出版)那本书的过程中，我们曾去日本寻访手艺人，也在中国采访了许多行业的传统匠人。这些匠人有共同的特点，其一是他们对所操持的手艺所需的材料达到充分的了解，知己知彼，百战不殆；其二是对手中的工具的自如使用，达到出神入化、“物我合一”的境界；其三是一物入魂，即手艺人对于所造之物未来的使用者的体贴之心。有此三者，才能造出真正的匠心之物。

工匠们能够体悟物性，顺应自然，这也是他们很多工艺品遵循健康之道、自然之美的基础。一位木匠，要极为清晰地了解每一种木材才行。木材中，软而轻的有桐、杉、松、樱、桧等，硬而重的有榉、栗、橡等。每一种木材，都有适合的用处。即便是不同的木头纹路，都可以在制作时被考虑得非常细致。

在描述传统木匠技艺的资料中，还记载道，树木应当在特定时节砍伐，并且把它的生长状态记录下来，建造房子的时候尽量按照原来的状况布置。比如，山坡阳面的树木，用来制作房子的阳面，背面则使用背阴面的木材；具体的朝向也尽量遵从原状。这样会使整个房子的状况与树木天然的状态达到和谐。造屋时，地基和柱子用实心的桧木，内墙用有香味、轻韧的杉木，天花板铺设的桧树皮下面搭的是耐腐的花柏木，房梁用松木或者榉木。

对于木材物尽其用，将长处发挥到最大。木匠们积累生活智慧，并把这种智慧代代相传。

对材料的了解，是一位手艺人最基础的工作。我们深究其根源，发现其出发点是“惜物”。万物都有其道理，不能忽视任何一种东西的价值。只有充分熟悉每一种材料，珍惜每一件物品，才能利用它制出绝美之器，发挥材料的最大价值。

盐野米松曾在《留住手艺》中说：

“大工业化的批量生产所带来的是‘用完就扔’的一次性消费的观念。旧时的修修补补反复使用的精神也随之消失得无影无踪。那种珍重每一个工具和每一个物品的从前的生活态度也就没有了。选择修补远不如重新购买来得更快和更省钱。如果用金钱来衡量的话，一次性的物品显得便宜又方便。这样的情况还不仅仅体现在对待物品上的态度，甚至体现在对待人的态度上。工厂为了追求更合理化的经济效益，让很多人失去了工作。过分地追求廉价和效率，让人已经忘了作为人的本来的幸福到底是什么……”

有了对材料的珍惜与了解，还要有极为精湛的技艺手段，才能制出心中所想象的完美器物。技艺的精湛，有赖于对工具的善用。

秋山利辉在其著作《匠人精神：一流人才育成的30条法则》中说：如果能够善用工具，就像运用自己的手脚一样灵活，就能够制作出感动人的东西。

数十年前，盐野米松曾去采访一位用野生的植物皮编簸箕的手艺人时吉秀志。在我看来，用植物皮编簸箕，与今天白洋淀人用苇条编织生活器物，或与江南手艺人用竹篾编织箩筐等物一样，都是编织的劳作。

时吉秀志在受访时，特别提到他的工具——“簸箕刀”。它的刀柄材料是橡树。工具也都是自己买回橡树的材料然后合着自己的手做的。时吉秀志说：“编簸箕的人通常用能否制作簸箕刀来判断此人的技术高低。一般，学徒十几年以后才被允许做它。我这把是自己做的，又重又坚硬，已经在我手上用了四十几年了。”

一件自己亲手制作的工具，用了四十多年，一定是极为顺手了。中国的传统匠人，其实历来深谙此中真意。人尽皆知的“卖油翁”即如此——取一葫芦置于地，以钱覆其口，徐以杓酌油沥之，自钱孔入，而钱不湿，因曰：“我亦无他，惟手熟尔。”手熟，即技术娴熟。我们在白洋淀寻访苇编的手艺人，他们制作苇编器物时，手法无一不是极为娴熟的。此种娴熟，多数人并不自知，只是当作日常生存所需的技能而已。

而后我们了解到，还有一些人专门制作苇编所需的工具，这就更令人赞叹了。例如出生于篙子制造世家——独此一家的刘兴旺，便是传承四代的手艺人。我们在白洋淀人家，常能发现各家都有各种与芦苇编织相关的工具，截苇刀、三楞或四楞篙子、穮席刀子、豁子……由于时间的强大，那些苇编工具已经锈蚀，显出灰暗和陈旧的质地。但白洋淀人日常劳动所使用的这些工具，依然顽强地保持着传统的风格，一旦被使用，就散发出熠熠光彩。这些工具没有被现代的机械取代和湮没。

这些工具，带着手工操作和使用的痕迹，展现着金属、木头、皮革之间的交融关系，给人带来一种难以形容的美感。每一件都值得去细细品味和揣摩，因为它们就是手艺人的世界观。

柳宗悦说:“器物之美即自然之美。所有人都受惠于自然，任何一件美的作品亦不会例外。”看着这些工具，我想到了梵高的一幅名画——《农鞋》。那幅油画的画面上只有一双农妇穿过的鞋子，宽大且破损。一双硬邦邦、沉甸甸的破旧农鞋，携带着寒风料峭中迈动在一望无际、永远单调的田垄上的步履，坚韧且滞缓。一双农鞋，隐藏着岁月和季节、辛勤与劳作、担当与承受，以及更多的期望与追寻、无奈或无怨。一双毫不起眼、破旧磨损的农鞋，令人意识到这是一个农妇的精神世界。

因而，“物”并非单纯的物质，而是有着生命的灵性，是灵魂与情感的存在。我们在大田庄村行走，看到那些劳作的器物，看到时间在它们身上留下岁月的痕迹。

所有的器具集中在一起，讲述的是人类和自然悠长连绵的亲和关系。生活的秘密以及普通人的生存状态就深藏于这些传统器具中。它是一颗时间胶囊，记录着我们不曾涉足的逝去的光阴。

或许，那些时光距离我们并不遥远。

· 篙子

一根芦苇穿过篙子，出来时就分成了几瓣苇眉子。

篙子这小小的器具，一手可以掌握，外形也极朴素，拿在手中几乎难以觉察出它的机巧。然而这个器物却是整个白洋淀区人家必备的东西，家家都有，人人会用。

篙子，柱形圆木，长约11厘米，直径约5厘米至6厘米，多用枣木，取其耐磨。一端凿一长孔直到柱形木中间，中置枣核钉一颗，钉的一端固定在圆木的实心中央。枣核周围开有长方小槽，刀片自圆木外斜插入长孔中的枣核钉方槽内，使其牢固。有几个刀片，便叫“几楞”(或“几耧”）篙子。在每个刀片之间，自内至外开一斜洞，用来出分好瓣的苇眉子。

使用时，一手持篙子，一手把苇子用力送入长孔内，枣核钉的核尖与周围刀片便把苇子劈成所需的几瓣了。

生活中像篙子这样的器具很多。翻开一本《王祯农书》，可以见到许许多多凝结了先民长时间劳动生活智慧的工具，可以说，每一件工具的发明与使用，都伴随着一场劳作上的小型革新，以及生产效率的大幅提高。而如今，对于那些工具，我们几乎视而不见，也漠不关心。太多花哨的东西遮挡了我们的目光。

当我们静下心来，把目光聚焦在篙子这样一个苇编工具上时，才会发现它的美。2017年暑假，河北大学副教授贾慧献带着学生们对民间艺术进行田野调查，年轻人们对篙子产生了浓厚的兴趣。

手艺人刘兴旺，72岁，能制作各种各样的篙子。制作篙子的人很稀有。整个白洋淀，只有安新县安州人会做，整个安州，只有刘氏一族会做。就是这么一种常见的工具，却是代代相传，仅此一家。

早些年，白洋淀到处都是织席的人，到处都需要篙子，所以售卖篙子的人也常见。只是所有卖篙子的人都要到安州批发。所有从事苇编的人都知道，安州工匠所造的篙子，外形美观，凿孔精确匀称，片刀和枣核钉准确牢固，篙子经久耐用，堪称一绝。但大多数人并不知道，所有的篙子都出自安新的刘家。

篙子的制作，传到刘兴旺手上已经是第四代。刘兴旺说，篙子看似简单，实则复杂，它的精细程度远超一般人想象。如制作篙子内部那3厘米的铁质枣核钉，点寸之间的操作，需要十几个步骤。一个学徒跟随老师傅十年，可能都无法掌握篙子复杂且精细的工艺，从而独立完成制作。因为一个篙

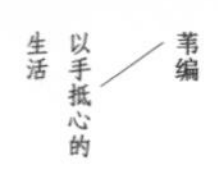

子，包含铁匠、木匠的多个工种和操作技能，且所有制作篇子的十几种工具，都是出自篇子手艺人。

也就是说，作为工具的工具，也需要专门制作。

刘兴旺十多岁时，就跟着大人学做篇子。当时全村也只有他一家从事这门手艺。更早以前，做篇子养不了家，曾祖辈并不愿意后辈继承此项技艺。直到上了岁数，才把手艺传给刘兴旺的爷爷。

从前做篇子的人家少。同一个地方，这家做了，别家再做，你卖，他家就卖不出去了。整个安新县也就一家。刘兴旺说，也许整个河北省，也就他们一家在做。

随着时代发展，苇编日渐落寞，篇子的需求量就更少了。许多年轻人根本不知道篇子是干什么用的。刘兴旺拿出各种各样的篇子，一边给我们示范，一边解说。篇子有三孔、四孔、五孔，一直到十孔。制作不同的苇编器，需要不同的篇子，拉出不同宽度的苇眉子。三孔到五孔的篇子拉出的苇眉子可以做席子、篓子，七孔到十孔拉出的苇眉子常常用来做捕鱼虾用的“须”。不同孔数的篇子，实际的使用并没有非常确切的划分，主要是根据苇子的粗细和制作的苇编的种类、大小来确定。

如今年纪大了，篇子销路不畅，刘兴旺早已歇手多年。做篇子得有帮手才行，拉锯、劈条儿，一个人扶着，另一个人拿榔头砸。劈开再砍了，再上锅煮，煮了再旋……整个工序很麻烦，单个人不好操作，慢慢也就歇手了。

说着，刘兴旺顺手抽出一根苇子，把苇秆插入篙子，被铁芯均匀剖成几缕的细苇眉子就从侧眼分割出来。夕阳西下，刘兴旺手中那个枣木做成的篙子散发着饱经岁月的油润光泽。

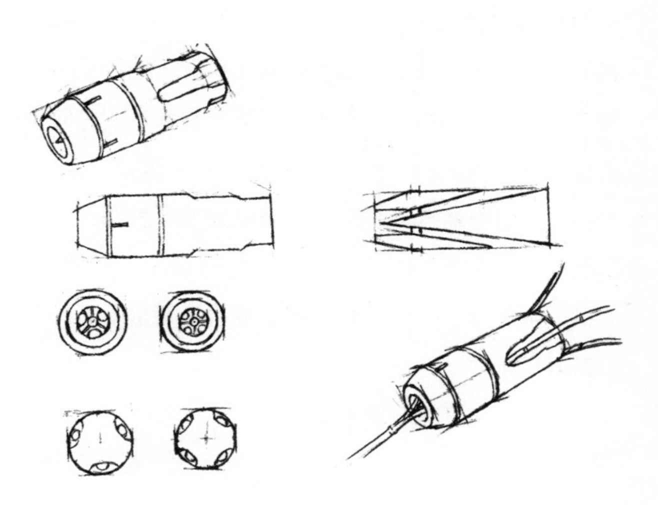

· 架子

打箔以前是白洋淀附近村庄里随处可见的劳作场景，现在不多了。在安新县的大田庄，我们去看人打箔。村民张百岁为我们演示他手工编织苇箔的过程。半人多高的箔架子，就架在巷子里，架子旁边的围墙上靠着一捆捆芦苇。张百岁搭起木头架子，将打苇箔用的麻绳分别缠在两块砖头上，砖头耷拉在木架子的两侧，以保持平衡。然后，他一边走动，一边开始耐心地打箔，用一条条线把苇秆缠绕在一起，放上一根芦苇，将麻绳穿过小铁架，打结抽紧，如此交替反复，一根根苇子放上去，编好的部分顺着箔架垂下来，形成完整的箔的平面。

架子，是打箔的基本工具。

圆形或方形长木一根，在一条直线上凿长方形的透眼。眼儿的个数依实际需要而定，有16个、14个、10个、8 个不等。眼儿内嵌长方形竹片，将两侧面削得稍窄的一端嵌入，把暴露的一端，用刀从中劈开，便成为“架子嘴儿”(有的地方叫“箔牙”——看起来真的像豁了口的牙，可以卡住绳子)，

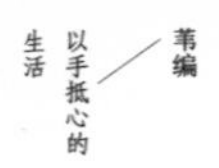

把绳卷挂在架子嘴的竖缝中，便可续苇打箔。这就是架子。

近年也有用三角铁或方形铁管代替长木的，把架子嘴用铁片固定在三角铁或方形铁管制成的铁架子上。虽然材料有所不同，但看上去，都是同样的一个半人多高的架子。

· 介苇刀

这是一把小镰刀，用来破苇或劈苇。刀柄上缠有布、绳类东西以便把持。用时，一手持介苇刀，一手持苇，自根至尖把苇劈为两半。动作快的人，运刀如风。

这令我想起，从前故乡的篾匠。盐野米松采访过的篾匠时吉秀志，他的工具“簸箕刀”是自己做的，又重又坚硬，在他手上用了四十几年。

与苇编匠人一样，苇编匠人手持介苇刀劈苇，篾匠则手持篾刀剖篾。风土不同，物产不同，而手艺人的精神是相通的。

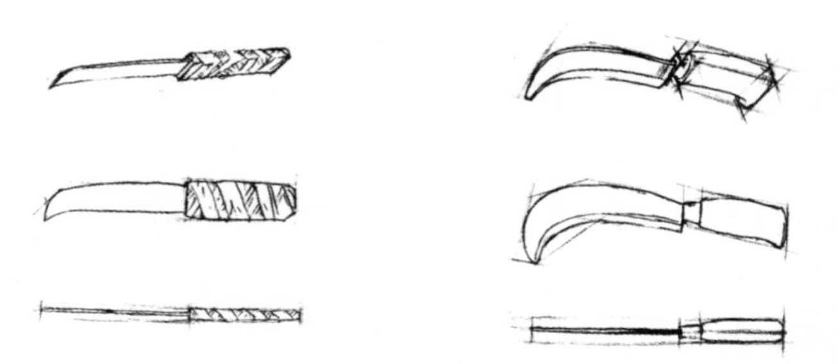

· 捋子

捋子比较特别。乍一眼看去，像是一个金属的叉。其实这是用来给苇子剥皮的。用两块角铁（薄铁片）以两活动轴相连，相合而成方筒。角铁下部，用铆钉固定，下部稍弯，尖端呈月牙状的四个铁条儿，角铁相合可使四个铁条儿两两相对。

使用时，把角铁张开夹住苇子，四个铁条儿即把苇子周匝卡住。然后从尖至根向后抽动，苇子皮便被戗掉。

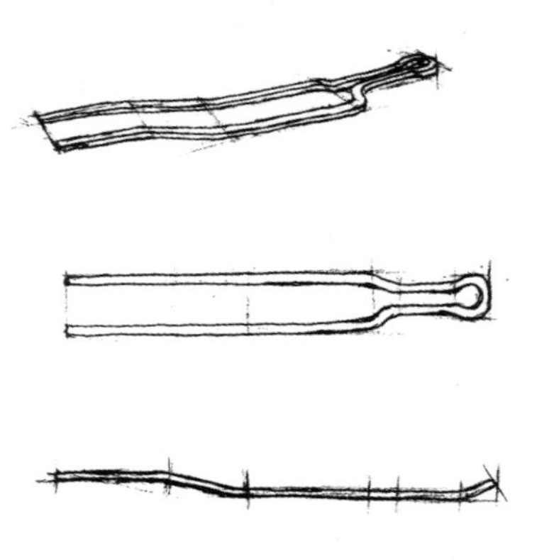

· 缲席刀子

编织必用工具，纯铁打制而成。长约八寸，半截有槽，半截为柄。用于调整苇眉，使编织致密；用于回拉（lá）、整边、截边、拉席、缲席等。西马庄高傻子所制缲席刀子玲珑修长，弯曲适度，便于操作使用。

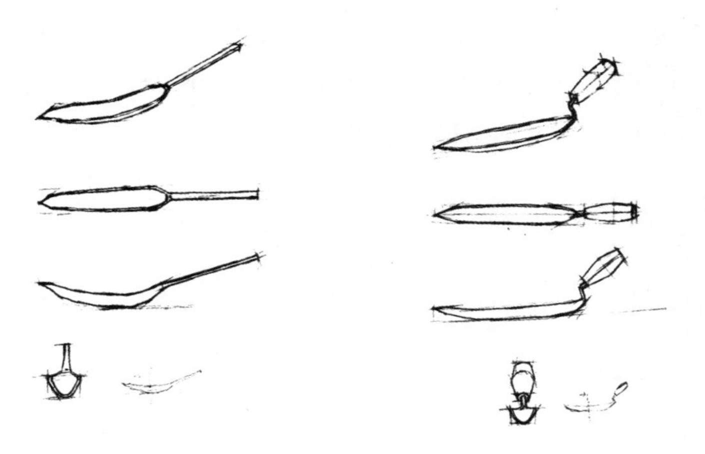

· 犁刀

犁刀也称拉刀，是20世纪60年代在淀区出现的新型劈苇工具。

此刀由两片长11.5厘米、宽2厘米、厚0.6厘米的竹片（或铁片），将斜置刀片夹住，再由两个螺钉铆住，中间设一直径为3厘米的滑轮，滑轮由5.5厘米高的固定支架支撑，滑轮两端由弹性较强的皮套固定。

滑轮的作用是使苇子稳定，便于操作。劈苇时苇子沿滑轮切线方向插入，即被刀片一分为二。操作者只需用力推苇，即可将整苇劈为苇眉子。此种工具较之介苇刀劈苇速度快上数倍，且技术要求简单，男女老幼均可操作。

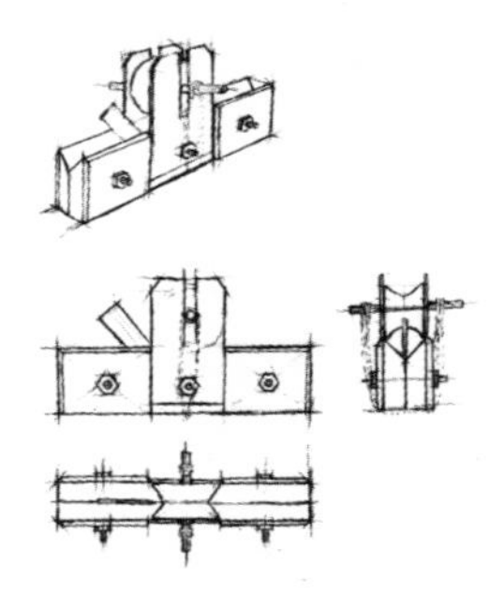

· 另一种捋子

这是打出口箔专用的给苇子剥皮的工具。铁制，长28厘米，由4片组成，每两片焊接在一起，后半段呈90度角，底部焊有活叶，纵向可开合。横向分两段，后端呈正方形，中间有护手挡片；前段长短各两片呈弯曲状合拢在一起，顶端均有凹口以卡住苇子。操作时，只要一松手，捋子自动打开，装进苇尖后再攥合，一只手攥紧苇尖往后抽，一只手握紧捋子往前推，两只手呈反方向抽推即可戗去苇皮。

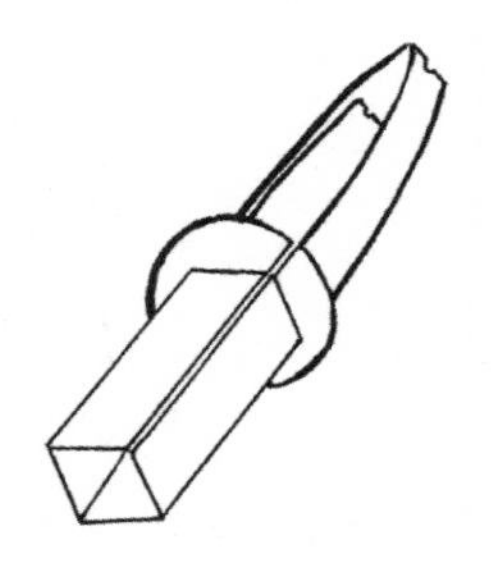

卷四

追故乡的人

（文｜王加婷）

金圈头，银淀头，铁打的采蒲台。

千百年来，白洋淀这片水域形成了极强的特色分工。大田庄治鱼治虾，张庄儿扽钩，圈头拉大绠，采蒲台淘埝子，东田庄叉晒、杀王八，端村赶转网、扣花罩，邸庄儿下卡，韩村枪排。后来我们又发现了漾堤村的杀王八也是技术高超，北部张庄子有二百年的下卡世家独领风骚，太珍贵。在这片水域里，许多传统捕鱼技艺、苇编技艺、造船技艺已经消失，或正在消失，我们该怎么办？这是白洋淀里的骨血。

贾慧献并不只是一位大学教授，他更是一个喜欢往大山深处乱跑的“孩子”。

周末起个大早，开上一辆自己的小车，带上一根油条当早餐，就往太行山深处出发了。假期一有空，带上学生，一个记录本，一台相机，就往太行山里奔去。

贾慧献说，行走在太行山或白洋淀，就像玩一个疯狂的寻宝活动，看似艰辛实则充满惊喜。

当地有人也因此称呼他为“文化疯子”。

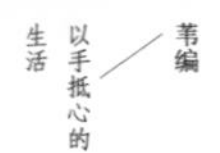

· 每一条褶皱都藏着生活的智慧

一口二百多年的水窖，深七米，中间宽，两边窄，口很小，是太行人家专门设计用来收集雨水的工具。

一个石碾，由一个大圆盘组成，直径七八米长，专门用来碾粮食。一幢石头别墅，由六间石头房组成，下面还有地洞。这是一个老人，从山上把石头一块块敲下来，再一块块亲手垒上去的。

这几年，贾慧献大部分的时间，都在寻访太行山文化和白洋淀文化的路上。

贾慧献，河北涞源人，河北大学建筑工程学院副教授。近年来致力于保定古城及河北其他城市历史文化的挖掘与保护，先后数十次探访白洋淀，对水乡村落的规划形制、建筑构造、材料肌理等方面进行详细的调研与讲解，编撰有《白洋淀百工图说》。2016年创办“太行人家”自媒体，为古城文化的保护贡献着自己的力量。

在广袤的山野之间，没有无用的信息和杂念，人们与自然接近，所有的创意和能力都是自发的。

这些细节，都是非常珍贵而真切的实际体验。不曾真正在太行深处生活过的人，就不会有那样生动细致的“创造”。正是出于对这些创造性细节的热爱，贾慧献对寻访与保护太行山的文化，乐此不疲。

太行山虽然贫瘠，却培育了很多太行人民特有的生活智慧。

在太行众多的古村落中，有一个刘家庄村。整个村庄就是依山就势，由石头砌成，更令人惊讶的是村里的石墙，每十几步远就有一个石龛。据村中老人讲，这些灯龛看似没有区别，却有名有姓有主。每逢节庆活动，村民们会自觉按时亮起心中的“神灯”，为之添油拨捻。

贾慧献常常独自一人驾车前往白洋淀，记录当地村民的生活状态。从渔猎生活，到苇编技艺，他把这些文化信息，作为中国文化的标本保存下来。他走进一间老屋，看到房屋从苇屋顶、苇隔墙、苇挡风、苇炕席、苇窗帘，到小院中的苇篱笆、苇箩筐，都跟芦苇有关，家家户户几乎都是一个芦苇艺术的民俗博物馆 。

贾慧献说，在白洋淀广阔的水域中，老百姓就像生活在其中的一条鱼，藏在芦苇丛里的一只鸟。他们懂得与恶劣的生存环境做斗争。他们的生存技巧是在非常严酷的环境中，训练、传承、累积下来的。他们熟悉每一条壕沟，熟练每一

种捕鱼方法。

这些水乡的手艺人，他们的心灵手巧自己无法感知到，认为只是水乡的禀赋和从十几岁劳动而来的本能。但对贾慧献来说，这些都是非常宝贵的财富，无人继承，无法传承，就需要社会上的人士去帮扶和转化。

在太行乡村行走的时候，贾慧献为自己建立起了一个与天地万物沟通的秘密通道。他的眼睛、耳朵和鼻子，甚至舌头，都全面向大地敞开，进入一个最为细微、有趣、生机勃勃的生命世界。

贾慧献说，他正是在这样的寻找中，“找到了皈依和灵感”。

而今，不管是太行山，还是白洋淀，村民的生活方式正在发生改变。许多古村落的消失，就像沙漠侵蚀草原一样不可阻挡。“如何通过现代化的交流平台记录并推送给公众以引起关注，唤醒公众对历史的追忆和保护意识呢?”这样的忧虑常常泛上贾慧献的心头。

· 太行山长大的孩子

贾慧献出生在涞源的一个小村庄。家中的亲戚都是善良淳朴的农民，但他们也有一个共同的特点——贫穷。

当他从城里回到老家的时候，发现许多人家住的屋顶都还是纸糊的。生活的艰辛让他决定用他的方式来回报家乡，回报太行。

贾慧献说："我做这些事，最根本的动力是要把平民的历史文化，把我们的乡土文化继承和传承下去，我认为平民的这种精神是最伟大的。"

贾慧献利用自己的专业和优势，挖掘太行乡土文化里的闪光点，让大家共同来关注这个群体。他建立"太行人家"自媒体，发起农产品销售的公益活动。

"太行人家"这个群体，身体里面还蕴藏着几千年留存下来的乡土文明的气息。他们把公众号和公益商业结合起来，把农户的产品推销出来，让更多的人关注太行乡土，用公益得来的钱去回报乡民，帮助乡民。

"农村是城市的根，但城市的快速发展，并未给农村带来可观的效益，山区内部的贫穷并未改变。一些山区本身有着得天独厚的自然优势、丰富的乡土特产、悠久的历史文化、独特的人文风情，由于交通闭塞，历经数千年相对完好地保存下来。目前城市居民对山区旅游的需求也越来越大，双方都有需求而且互补，但缺少中间平台的搭建。”贾慧献说。

“太行人家”通过微信公众平台，宣传太行山区及古城的文化历史和自然环境，帮助实现小米、核桃等山区特色农产品的对外输出。

另一方面，贾慧献利用专业知识进行古建保护、建筑设计、村落规划和旅游开发等公益规划与策划，用学到的知识去反哺生养自己的农村。

随着一篇篇图文并茂的网文推送，“太行人家”点击量和公众号关注量迅速上升，引发社会广泛关注。河北大学建工学院的李崴、刘田洁、张瑞雪、王晶等老师也加入进来，形成了一个团队。

他们组织文化沙龙，带着学生走进保定顺平县、曲阳县等太行山的古村落，将枯燥的课堂搬上了雄浑壮观的太行山。他们为邢台国家级贫困县巨鹿县、保定博野县村落古梨园等十余个村落做了公益规划及建筑设计，并在太行深处的保定易县、涞源，张家口蔚县，邢台等市县建立了实践基地。

河北大学还创办了跨学科的“太行山乡土民居文化”（亦

称“太行人家”）项目组，研究新形势下的大学生创新创业课题，进行实验性的、融汇多学科的教学探索，力争通过教育改革培养复合型人才。这个课题组的研究成果，也面向全校，开设了一门34课时的全新跨学院选修课。

贾慧献坦言，太行乡土一直是他的美的信仰。人的天性里就有对美的追求，但如果没有中间的媒介，让人发现美，美有时会被遮蔽。他希望自己成为那个媒介，扎到平民里，与他们融为一体，将太行文化的美展现出来。

· 重新发现乡土的价值

在贾慧献看来，太行山，是最接近大地的地方。因为接近大地，也就接近故乡，接近生命，接近事物本质的声音。

太行之美，由自然孕育，简单、原始。群山环抱，天天伫立在我们的眼前，我们抬头就可以看到，但大多数人视而不见，以为这种文化是落后的，无知的。

贾慧献站在另一个高度重新审视与思考乡土的价值。

生活在太行山的人们，看似是不自知的，可也就是在这种不自知的状态下，宇宙的神秘才自然开放，像海德格尔的对物“泰然任之”的敞开。

比如那位老人，徒手搭建六间石头房，看似是一种消极的落后，无知的重复，但进一步观察却是精炼、极致的手艺的表现，更甚者是一种对细节的坚持。由于对于细节处理的无微不至，而产生了一种因为敬重而衍生的厚重，并因此见证了生命的厚度。

六间石头房的魅力就在于，越是简单，阐述的空间就越大。

在浩瀚的世界中，个体的劳动赋予流动的时间以充实的记忆，一个老人和六间石头房，在大山深处寂然对话。人作为一个小小的生命，其基本的也是最大的背景就是大自然。大自然由何创造，又滋生出多少奇迹，这些全都需要人类去思索。

徒手搭建六间石头房。在这个简单的过程中，我们看到的，是这位老人与另一种生命的融入，是生命与宇宙的融入。这种融入，直达生命的本体和世界的本原。

有了这样一个浩瀚的背景，意义也不寻常起来。太行山里那些用心做事情的人，会在更长远的时间尺度里，凸显他们的劳动价值。太行山的文化价值，也会在时间的长河中被重新认识。

生活艺术的力量说到底就是生命的力量。这种内在的力量，隐藏在过去，隐藏在千万种被人的生命摩挲过的细碎事物中。只有将那些湮没的物，和今日具体的生活相连接，它们才能复活，像密码锁的开启，咔嗒一声，一个真实存在过的生活世界，才得以呈现。

贾慧献做的就是，重新发现这个“太行文化”背后隐藏的神秘世界。

在太行山的村庄中行走，看见一张椅子，看见的不仅是那张椅子，更是背后那个造椅人和他那颗心。它展示的不正是可以使你直接接触到的文明古国的心灵历史吗？一把椅子里也保留着人们的思想和情感。

人生活在大地和天空之间，从无尽的星空到天地间万千事物的变幻、生灵的交织，一切都给人目不暇接和永远等待破解的感受。人对苍茫世界是有感知能力的，这种能力有时甚至是不可思议的，这种能力需要保护。

贾慧献诉说过一次真实的经历。有一次，他回到太行老家，在山上待了两个多小时。他想，他的一生，都迈不过太行山的沟沟壑壑。这些大山里的沟壑，曾经阻隔了他与外面世界的沟通，也限制了他的经历和视野。但是从另一个高度俯视太行山的褶皱时，世界仿佛豁然开朗了，太行山的每条褶皱都有大胸怀，每条褶皱都给他无穷的力量。

贾慧献几乎拿出他所有的业余时间，用来实地探访，或者拜访专家学者，搜寻有价值的线索和内容。“每个月工资的四分之一都用到这个上面了。”

他的微信主要是利用每天晚上8点到12点和早晨5点到8点之间的两个时段进行制作和发送。“到目前为止，网友打赏超过了1万元。从哪儿来回哪儿去，这些钱都用于差旅、食宿和给山里的贫苦乡亲们购买慰问品。”

这是一个漫长又艰巨的任务，他搭进去的是无数时间、精力、金钱以及机会成本。保护太行文化困难重重，但他似乎义无反顾。“一个人生活在这个世界上，面包是永远挣不完的。”他说，等自己有更充足的资金、更充沛的时间，再去做乡土文化保护的时候，它们说不定已经消失了，保护的机会也错过了。

贾慧献知道一个知识分子应该承担的责任，他在做着别人没有做过的、意义非凡的努力。在保护太行文化的过程中，他把自己还原成一个谦卑的人。重新用自己的行走，与故土的美连接，重返生命的基座，以生命的眼光看待万物，进而实现对生命的整体关怀，重新在故土上扎根。他的寻访与返乡，为他找到了宽阔的资源，敞开了一个新的世界。

此刻，除了是一位大学教授，他更是一位乡土的观察者，民间的谛听者，记忆的反刍者——也是一个真正在大地上栖居的人。

·访谈录

问_作者

答_贾慧献

问_您研究与保护古村落多少年了？

答_我专注研究太行山古村落10余年，我将太行山古村落定义为“原始定居性村落、避世田园村落、防御性村落”三种类型。由于这些村落“一族累世聚居一村”，形成了百里不同风，十里不同俗，“一方水土一方乡音”的独特的太行山村落文化，反映在建筑上亦各具丰采。

问_您做太行文化保护的出发点是什么？

答_太行山区农村的历史人文风貌，具有典型的山地乡村特色。生活在太行山深处的农民，在小农经济模式的发展下，用自己的真诚、勤劳与汗水滋养着村庄的发展。他们热爱土地、了解土地，生活中的每一个细节都体现着对乡土的最大尊重。但是在快节奏的现代社会中，人们渐渐淡忘了这些与故乡、故土和故人有关的一切，这里的文化无法传承，这里的经济无从发展。

我们不能因为新的文化而割裂和否定旧的文化。“下里巴人”是“阳春白雪”的根，根比花朵还重要。只有保护乡土文化，我们才有真正的底气和文化自信。越是乡土的，越是世界的。我要做的就是重新发现乡土，重新发现太行。

问 _ 您可以具体说说“太行人家”吗？

答 _ “太行人家”是我建立的自媒体，主要目的是宣传与保护太行山文化。

“太行人家”以精准扶贫为核心，将公益与创业相结合，致力于构建一个以“公益圈”为核心，以“创业圈”为载体，以实践孵化、教育培训、传播推广、投资交流为配套的业态系统。将来要搭建基地，建立线上线下两种平台，做太行人家知识分子的精准扶贫。

问 _ “太行人家”建立的意义是什么？

答 _ 农村是城市的根，但城市的快速发展，并未给农村带来可观的效益，山区内部的贫穷并未改变。一些山区本身有着得天独厚的自然优势、丰富的乡土特产、悠久的历史文化、独特的人文风情等，且目前城市居民对山区旅游的需求也越来越大，双向需求互补，但缺少中间平台的搭建。“太行人家”亲力亲为，用实际行动担负社会使命。通过这个平台，我将太行山的农产品经过文化包装，帮助实现小米、核桃等山区特色农产品的对外输出，并且用这个利润回报太行山农村。

我们不一定要改变全世界，改变一个人或许等同于改变全世界。做“太行人家”，只是我复兴太行文化的第一步，我的理想是创建一个太行乡土博物馆，让河北大学成为覆盖太行文化的高地。

问_您在“太行人家”中发的那些关于保定的珍贵照片和历史资料，是如何找到的？

答_第一，我有收藏的习惯，保定古物市场卖旧书的都认识我，有保定的古物资料都给我留着；第二，就是到平民家中去，最大的收藏其实在民间，所以很多东西都是我在联系的平民家庭当中发现的。我的业余时间几乎都用来拜访专家学者或者实地探访太行山文化，搜寻有价值的微信线索和内容。我的微信主要是利用每天晚上8点到12点和早晨5点到8点之间的两个时段进行制作和发送。这个公众号的盈利，我都用于差旅、食宿和给山里的贫苦乡亲们购买慰问品。

问_您对自己是“太行文化的保护者”这一角色是怎么定位的？

答_太行文化是融入我血液的一部分。我去寻访太行古村落，不是匆匆到此一游，也不是一个精神上游离在外的“疏远者”。我对太行山怀有深情。首先，我和当地的村民一样，是生于斯，长于斯，与太行山共生的“生活者”。其次，我是深入当地，寻访村民生活的记录者。

问 _ 太行山丰富的乡土资源能不能有新的转化?

答 _ 当然可以。一是需要时间去复活。二是需要更多的人力资源的注入。三是需要商业与文化的结合来帮助乡土资源转化与存活。小农生产有它天然的特点，即相对远离市场，因为在小农生产的价值中，许多无法用市场的方式显现出来。比如美丽的田园景色，也是小农的产品，可市场对此没有定价。农民可能去捡一天的牛粪，而不是用化肥，他们可能只穿自己纺织出来的衣服，而不是在衣柜中陈列几百件。我们希望将这样原生态的价值与市场结合，让这样的生产持续。

问 _ 您怎么理解“慢就是快”?

答 _ “慢”就是甘坐冷板凳。我们今日生活的世界，有时需要的只是速度，是效率，是商业规则，是统领一切规定一切的数字逻辑。慢其实是对一种过程的肯定，是对每个生命的尊重。只有慢下来，我们做事才能有更高的专注力，才能脚踏实地，把自己的生命投入到太行乡土。慢下来，才能走得更长远。

举个例子，我们如果要深入太行山古村落做“特色小镇”和“美丽乡村”，必须在保持古村的村容村貌的前提下，在留住原村民的基础上，才能进行进一步的开发。大拆没有出路，把农民赶上新楼由开发商做商业经营也行不通。因为人没有了，乡情、乡音和乡愁也就不在了，“特色小镇”和“美丽乡村”也就没有了个性和生命力。所以，我们做事情，切莫求大，求新，求快。慢就是快。

问_除了太行山文化保护，您还在搜集、整理“白洋淀百工”的文化？

答_“白洋淀百工”是太行乡土文化的一个延伸。太行山的涓涓细流，最终也是汇到白洋淀。白洋淀的文化越往深处探寻，越可以发掘出无穷的智慧。比如白洋淀有近百种捕鱼方式。有一天，如果做成水面空间演绎，或者渔猎文化展览，都是很有意义的。白洋淀冬日捕鱼，用两艘船，拉着一条大缆绳，上面插着六根大竹竿，一边划船，一边拉缆绳，鱼要撞缆绳，再用大花罩去罩鱼，这样的场面是很壮观和令人震撼的。

我在一次次的寻访中，都最大限度地实现了与美的相遇，拓展了我对万物的认识。

问_“白洋淀百工”的文化整理，放在国际化视野来看，有什么重要意义吗？

答_雄安发展为国际化大都市后，白洋淀就是它的“乡愁”。在雄安国际化的过程中，我们这种城市一定会涌入更多的人才与资本，会有更多特色的小镇集群。如果这时候我们有一个白洋淀百工园，可以展现当地的渔猎、苇编文化，这就无疑会成为世界观察雄安的一个窗口。越是地域的，越是世界的。

问 _ 您在做民间文化保护工作，遇到最大的困难是什么？

答 _ 我本身是学建筑设计的，跨界去做乡土文化保护，比较孤独，因为外界的帮助比较少。很多人不理解我做的事业，认为保护乡土文化，是国家应该做的事，个人单枪匹马去做文化复兴，不仅占用了大量的时间，也耗费了大量精力。有段时间，家里人生病住院，我无法拿出更多的时间去陪护，只有白天工作，晚上陪床。这种时候会觉得孤立无援。但是这种孤独，也给了我很多思考。之所以可以坚持下来，是因为我对乡土有发自内心的热爱，也因为我向往的生活比他人更简单、更质朴。我觉得每个人都应该成为一只有尊严的萤火虫，会自己发光。哪怕这个光很微弱，却也是自己在发光。

问 _ 乡土文化中最打动你的是什么？

答 _ 生活在太行山中的人，都是与自然共生的“真正生活者”。太行人家祖祖辈辈倚在这大山环绕的环境之中，如同背后的山脉和田野，如同山中的野兽与植物，是扎实生活于此的。

他们的生存哲学太丰富了。比如头上裹着的一块毛巾，看似简单，但是用途可不小。天气冷的时候可以保暖，天气热的时候可以擦汗，干农活时还可以防尘。他们用水窖收集雨水前，会先将院子扫净，等到暴雨下透了，再收集房顶和院落的雨水，这样的雨水，用来泡茶更香甜。

太行山的生活虽然贫困，但是每个人都很善良真诚。在寻访顺平县刘家台村的时候，我们发现古老的农户家门槛下留有专门的猫洞，即使闩门闭户猫也能自由出入。这就是人和动物、人和自然和谐相处最好的例子。

我在做“白洋淀百工”的时候，了解到近百种捕鱼方式，这些技艺都是白洋淀人智慧的结晶，世代传承，繁衍生息，绿色环保。但是随着手艺人的老去，这些精彩的技艺将很难再现，现在都面临消失的困境。

每当我行走在太行山那些空心破败的村子里，在极深极窄的巷子，听到飞鸟在巷子上空飞过的声音，我的内心总有一种恐慌。传统文明在工业文明面前不堪一击，如果有一天，这些生存智慧，只能在文字典籍、博物馆藏中寻找到只鳞片甲，该是多大的缺憾。

问 _ 您接下来还有什么规划吗？

答 _ 乡土是中华文明的根，乡愁是中华文明的魂。我这一生最大的心愿就是把太行山的沟沟壑壑走遍。我接下来还会做这方面的研究工作：一是关于红枣文化聚居地的研究，二是关于邢台院落的文化研究，三是关于太行山东麓的建筑研究。

问 _ 您在白洋淀深处，是怎么带着学生一起搞社会实践的？

答 _ 白洋淀里有个圈头乡，那里有个古水镇音乐社，是一个隐藏于白洋淀芦苇深处的孤岛上的音乐香会。原先那是一个与外界隔绝的世外桃源，进出只有靠船。也正因如此，那里才保存了很多古镇风韵，以及古音乐曲。大概十来年前，才修了进村的路，进出交通方便了，很多生活方式也就逐渐消亡了。

有一年，我带着好几个大学生一起去那里。其实年轻的大学生对这些东西也很着迷，一开始我们按旅游、历史、古建专业划分了三个考察小组，但是随着考察的不断深入，大家不断交叉越界。后来我干脆决定，不再受专业所限，自由考察。

问 _ 您还在学校新开设了一门跨学院选修课，学生们反响如何？

答 _ 效果还是不错的。我们在教学的过程当中还带着学生去白洋淀深入挖掘过一次，有一半儿的学生去做了调研，很多学生也非常喜欢。当然这门课程也需要再深入，再升华，需要把老师和学生的激情更多地调动起来。授人以鱼不如授人以渔，学生对于未来有长远的目标和规划在某种程度上比知识更重要，学生第一就是要真诚，真诚是最根本的；第二是要有格局有视野，不要只为一时得失，不要仅仅想个人，要想着自己的社会价值。

问 _ 您同时也是大学教授，在教学中，希望将您的学生培养成什么样的人？

答 _ 教育最终是要成人之美。并不是要让每个学生都成为成功的人，成功没有标准。教育是要成全人，让每个人成为自己，最好的、最美的自己。

我希望我的学生首先成为“自己”，其次成为对社会有价值的人。我很喜欢狄尔泰，以狄尔泰为代表的生命哲学一个引人瞩目之处，就是强调生活在生命中的重要作用。在他看来，一切知识都以生活关联为基础，一切思想都离不开日常生活和与其相关的个体生命。

我的学生要学会注重生活与知识的联结，善于从日常生活的细节中拥抱生命和感悟生命的价值。如果用这样的心态对待世界，一个人永远都不会失落，因为有一个可以应对一切的精神世界。

·本书部分参考资料

1. 安新县地方志办公室:《白洋淀志》，中国书店，1996年。

2. 安新县圈头乡地方志编纂委员会:《圈头乡志》，1996年。

3. [日]盐野米松:《留住手艺》，英珂译，广西师范大学出版社，2012年。

4. 周华诚:《造物之美》，广西师范大学出版社，2017年。

5. [美]鲁道夫·P.霍梅尔:《手艺中国：中国手工业调查图录(1921—1930)》，北京理工大学出版社，2012年。

6.“太行人家”微信公众号有关民艺调查与口述材料。

7. 孙文举:《安新苇席生产史略》,《河北学刊》1984年3期。

8. 李建国、李贵宝等:《白洋淀芦苇资源及其生态功能与利用》,《南水北调与水利科技》2004年第5期。

9. 舒伟:《近代白洋淀特色经济述论》，硕士学位论文，河北大学，2009年。

10. 谭海平、贾爱英:《浅议白洋淀芦苇画工艺的创新性》,《品牌》2014年9月下。

11. 林宇新:《清水出蒹葭天然去雕饰——白洋淀芦苇画的艺术特色》,《科教导刊》2014年4月。

12. 李如意:《雄安新区对外征集芦苇利用方案》,《北京日报》2017年9月10日。

13. 化晓梅:《阻碍白洋淀芦苇产业发展的因素应引起关注》,《金融时报》2007年9月21日。

14. 江波、肖洋等:《1974—2011年白洋淀土地覆盖时空变化特征》,《湿地科学与管理》2016年第12期。

15. 费孝通:《乡土中国》,人民出版社,2015年。

16. 孙犁:《孙犁文集》(补订版),百花文艺出版社,2013年。

17. [英]理查德·梅比:《杂草的故事》,译林出版社,2015年。

18. 邓志庚:《生活在白洋淀》系列乡土散文。

19. [日]川濑敏郎:《一日一花》,湖南人民出版社,2014年。

20. [日]桑田忠亲:《茶道六百年》,北京十月文艺出版社,2016年。

主　编　路景涛

副主编　贾慧献　赵树志　张艳玲

策　划　周华诚

撰　稿　《渔猎：消逝的渔歌》
草　白　小　麦　周　围　邓志庚

《苇编：以手抵心的生活》
周小麦　王加婷

《柿曲：一枚果实的巅峰时刻》
周华诚　郭　琳　小　麦　卜　冬　成向阳
陈丹玲　蔡立鹏　王　寒　周　围

《素心：极简至美的时光》
李小奔　一大碗　宛小诺　村　上　赵统光
周　围　彭治国　也　斯　简　儿

插　图　刘　硕　老树画画　金　雪　赵统光

摄　影　林长庚　盛　春　周华诚　成向阳

鸣　谢　云乡居文化发展集团·耕读共享计划